Ana María Matute
Primera memoria

Ana María Matute nació en Barcelona en 1926. De precoz vocación literaria, su talento narrativo se puso por primera vez de manifiesto al clasificarse brillantemente en el Premio Nadal 1947 con *Los Abel* (Destinolibro 141). Prosigue su carrera con *Fiesta al Noroeste* (Premio Café Gijón 1952, Destinolibro 106), *Pequeño teatro* (Premio Planeta 1954), *En esta tierra* y *Los hijos muertos* (Premio de la Crítica 1958 y Nacional de Literatura 1959, Destinolibro 149). Siguió la trilogía «Los mercaderes» —también en Destino— formada por *Primera memoria* (Premio Nadal 1959), *Los soldados lloran de noche* (1964) y *La trampa* (1969). *Historias de la Artámila*, *Algunos muchachos* y *Los niños tontos* (los tres en Destino) son títulos destacados en su copiosa producción cuentística. Es también autora de las novelas *Olvidado Rey Gudú* y *Aranmanoth*.

Ana María Matute

Primera memoria

Premio Nadal 1959

Ediciones Destino
Colección
Destinolibro
Volumen 7

Diseño e Ilustración de cubierta: Opahworks

Diagonal, 662-664. 08034 Barcelona
www.edestino.es
Primera edición: febrero 1960
Primera edición en este formato: junio 2003
Segunda impresión en este formato: marzo 2004
Tercera impresión en este formato: enero 2006
ISBN: 84-233-3525-9
Depósito legal: B. 6.088-2006
Impreso por Book Print Digital, S.A.
Impreso en España - Printed in Spain

NOTA

Con *Primera memoria* da comienzo la novela *Los mercaderes*, concebida hace ya años en tres volúmenes. El segundo se titulará, según un verso de Salvatore Quasimodo, *Los soldados lloran de noche*, y el tercero, *La trampa*. Pese a integrar un conjunto novelesco unitario, ligado por unos personajes que pasan de uno a otro volumen, tanto *Primera memoria* como los títulos sucesivos tendrán rigurosa independencia argumental.

A. M. M.

A ti el Señor no te ha enviado, y, sin embargo, tomando Su nombre has hecho que este pueblo confiase en la mentira.

Jeremías. 28-15

El declive

1

Mi abuela tenía el pelo blanco, en una ola encrespada sobre la frente, que le daba cierto aire colérico. Llevaba casi siempre un bastoncillo de bambú con puño de oro, que no le hacía ninguna falta, porque era firme como un caballo. Repasando antiguas fotografías creo descubrir en aquella cara espesa, maciza y blanca, en aquellos ojos grises bordeados por un círculo ahumado, un resplandor de Borja y aún de mí. Supongo que Borja heredó su gallardía, su falta absoluta de piedad. Yo, tal vez, esta gran tristeza.

Las manos de mi abuela, huesudas y de nudillos salientes, no carentes de belleza estaban salpicadas de manchas color café. En el índice y anular de la derecha le bailaban dos enormes brillantes sucios. Después de las comidas arrastraba su mecedora hasta la ventana de su gabinete (la calígine, el viento abrasador y húmedo desgarrándose en las pitas, o empujando las hojas castañas bajo los almendros; las hinchadas nubes de plomo borrando el brillo verde del mar). Y desde allí, con sus viejos prismáticos de teatro incrustados de zafiros falsos, escudriñaba las casas blancas del declive, donde habitaban los colonos; o acechaba el mar, por donde no pasaba ningún barco, por donde no aparecía ningún rastro de aquel horror que oíamos de labios de Antonia, el ama de llaves. («Dicen que en el otro lado están matando familias enteras, que fusilan a los frailes y les sacan los ojos... y que a otros los echan en una balsa de aceite hirviendo... ¡Dios tenga piedad de ellos!») Sin perder su aire conmovido, con los ojos aún más juntos, como dos hermanos confiándose oscuros secretos, mi abuela oía las morbosas explicaciones. Y seguíamos los cuatro —ella, tía Emilia, mi primo Borja y yo—, empapados de calor, aburrimiento y soledad, ansiosos de unas noticias que no acababan de ser decisivas —la guerra empezó apenas hacía mes y medio—, en el silencio de aquel rincón de la isla, en el perdido punto en el mundo que era la casa de la abuela. La hora de la siesta era quizá la de más calma y a un tiempo más cargada del día. Oíamos el crujido de la mecedora en el gabinete de la abuela, la imaginábamos espiando el ir y venir de las mujeres del declive, con el parpadeo de un sol gris en los enormes solitarios de sus dedos. A menudo le oíamos decir que estaba arruinada, y al decirlo, metiéndose en la boca alguno de los infinitos comprimidos que se alineaban en frasquitos marrones sobre su cómoda, se marcaban más profundamente las sombras bajo sus ojos, y las pupilas se le cubrían de un gelatinoso cansancio. Parecía un Buda apaleado.

Recuerdo el maquinal movimiento de Borja, precipitándose cada vez que el bastoncillo de bambú resbalaba de la pared y se caía al suelo. Sus manos largas y morenas, con los nudillos más anchos —como la abuela— se tendían hacia él (única travesura, única protesta, en la exasperante quietud de la hora de la siesta sin siesta). Borja se precipitaba puntual, con rutina de niño bien educado, hacia el bastoncillo rebelde, y lo volvía a apoyar contra la pared, la mecedora o las rodillas de la abuela. En estas ocasiones en que permanecíamos los cuatro reunidos en el gabinete —la tía, mi primo y yo como en audiencia—, la única que hablaba, con tono monocorde, era la abuela. Creo que nadie escuchaba lo que decía, embebido cada uno en sí mismo o en el tedio. Yo espiaba la señal de Borja, que marcaba el momento oportuno para escapar. Con frecuencia, tía Emilia bostezaba, pero sus bostezos eran de boca cerrada: sólo se advertían en la fuerte contracción de sus anchas mandíbulas, de blancura lechosa, y en las súbitas lágrimas que invadían sus ojillos de párpados rosados. Las aletas de su nariz se dilataban, y casi se podía oír el crujido de sus dientes, fuertemente apretados para que no se le abriera la boca de par en par, como a las mujeres del declive. Decía, de cuando en cuando: «Sí, mamá. No, mamá. Como tú quieras, mamá». Ésa era mi única distracción, mientras esperaba impaciente el gesto levísimo de las cejas de Borja, con que se iniciaba nuestra marcha.

Borja tenía quince años y yo catorce, y estábamos allí a la fuerza. Nos aburríamos y nos exasperábamos a partes iguales, en medio de la calma aceitosa, de la hipócrita paz de la isla. Nuestras vacaciones se vieron sorprendidas por una guerra que aparecía fantasmal, lejana y próxima a un tiempo, quizá más temida por invisible. No sé si Borja odiaba a la abuela, pero sabía fingir muy bien delante de ella. Supongo que desde muy niño alguien le inculcó el disimulo como una necesidad. Era dulce y suave en su presencia, y conocía muy bien el significado de las palabras *herencia, dinero, tierras*. Era dulce y suave, digo, cuando le convenía aparecer así ante determinadas personas mayores. Pero nunca vi redomado pillo, embustero, traidor, mayor que él; ni, tampoco, otra más triste criatura. Fingía inocencia y pureza, gallardía, delante de la abuela, cuando, en verdad —oh, Borja, tal vez ahora empiezo a quererte—, era un impío, débil y soberbio pedazo de hombre.

No creo que yo fuera mejor que él. Pero no desaprovechaba ocasión para demostrar a mi abuela que estaba allí contra mi voluntad. Y quien no haya sido, desde los nueve a los catorce años, atraído y llevado de un lugar a otro, de unas a otras manos, como un objeto, no podrá entender mi desamor y rebeldía de aquel tiempo. Además, nunca esperé nada de mi abuela: soporté su trato helado, sus frases hechas, sus oraciones a un Dios de su exclusiva invención y pertenencia, y alguna caricia indiferente, como indiferentes fueron también sus castigos. Sus manos manchadas de rosa y marrón se posaban protectoras en mi cabeza, mientras hablaba, entre suspiros, de mi corrompido padre *(ideas infernales, hechos nefastos)* y mi desventurada madre *(Gracias a Dios, en Gloria está)*, con las dos viejas gatas de Son Lluch, las tardes en que éstas llegaban en su tartana a nuestra casa. (Grandes sombreros llenos de flores y frutas mustias, como desperdicios, donde sólo faltaba una nube de moscas zumbando.)

Fui entonces —decía ella— la díscola y mal aconsejada criatura, expulsada de Nuestra Señora de los Ángeles por haber dado una patada a la subdirectora; maleada por un desvanecido y zozobrante clima familiar; víctima de un padre descastado que, al enviudar, me arrinconó en manos de una vieja sirviente. Fui —continuaba, ante la malévola atención de las de Son Lluch— embrutecida por los tres años que pasé con aquella pobre mujer en una finca de mi padre, hipotecada, con la casa medio caída a pedazos. Viví, pues, rodeada de montañas y bosques salvajes, de gentes ignorantes y sombrías, lejos de todo amor y protección. (Al llegar aquí, mi abuela, me acariciaba.)

—Te domaremos —me dijo, apenas llegué a la isla.

Tenía doce años, y por primera vez comprendí que me quedaría allí para siempre. Mi madre murió cuatro años atrás y Mauricia —la vieja aya que me cuidaba— estaba impedida por una enfermedad. Mi abuela se hacía cargo definitivamente de mí, estaba visto.

El día que llegué a la isla, hacía mucho viento en la ciudad. Unos rótulos medio desprendidos tableteaban sobre las puertas de las tiendas. Me llevó la abuela a un hotel oscuro, que olía a humedad y lejía. Mi habitación daba a un pequeño patio, por un lado, y, por el otro, a un callejón, tras cuya embocadura se divisaba un paseo donde se mecían las palmeras sobre un pedazo de mar plomizo. La cama de hierro forjado, muy complicada, me amedrentó como un animal desconocido. La abuela dormía en la habitación contigua, y de madrugada me desperté sobresaltada —como me ocurría a menudo— y busqué, tanteando, con el brazo extendido, el interruptor de la luz de la mesilla. Recuerdo bien el frío de la pared estucada, y la pantalla rosa de la lámpara. Me estuve muy quieta, sentada en la cama, mirando recelosa alrededor, asombrada del retorcido mechón de mi propio cabello que resaltaba oscuramente contra mi hombro. Habituándome a la penumbra, localicé, uno a uno, los desconchados de la pared, las grandes manchas del techo, y sobre todo, las sombras enzarzadas de la cama, como serpientes, dragones, o misteriosas figuras que apenas me atrevía a mirar. Incliné el cuerpo cuanto pude hacia la mesilla, para coger el vaso de agua, y entonces, en el vértice de la pared, descubrí una hilera de hormigas que trepaba por el muro. Solté el vaso, que se rompió al caer, y me hundí de nuevo entre las sábanas, tapándome la cabeza. No me decidía a sacar ni una mano, y así estuve mucho rato, mordiéndome los labios y tratando de ahuyentar las despreciables lágrimas. Me parece que tuve miedo. Acaso pensé que estaba completamente sola, y como buscando algo que no sabía. Procuré trasladar mi pensamiento, hacer correr mi imaginación como un pequeño tren por bosques y lugares desconocidos, llevarla hasta Mauricia y aferrarme a imágenes cotidianas (las manzanas que Mauri colocaba cuidadosamente sobre las maderas, en el sobrado de la casa, y su aroma que lo invadía todo, hasta el punto de que, tonta de mí, acerqué la nariz a las paredes por si se habían impregnado de aquel perfume). Y me dije, desolada: «Estarán ya amarillas y arrugadas, yo no he comido ninguna». Porque aquella misma noche Mauricia empezó a encontrarse mal, y ya no se pudo levantar de la cama, y mandó escribir a la abuela —oh, ¿por qué, por qué había pasado?—. Procuré llevar el pequeño carro de mis recuerdos hacia las varas de oro, en el huerto, o a las ramas de tonos verdes, resplandecientes en el fondo de las charcas. (A una charca, en particular, sobre la que brillaba un enjambre de mosquitos, verdes también, junto a la que oía cómo me buscaban, sin contestar a sus llamadas, porque aquel día fue la abuela a buscarme —vi el polvo que levantaba el coche en la lejana carretera—, para llevarme con ella a la isla.) Y recordé las manchas castañas de las islas sobre el azul pálido de mis mapas —queridísimo Atlas—. De pronto, la cama y sus retorcidas sombras en la pared, hacia las que caminaban las hormigas, de pronto —me dije—, la cama estaba enclavada en la isla amarilla y verde, rodeada por todas partes de un azul desvaído. Y la sombra forjada, detrás de mi cabeza —la cama estaba casi a un palmo del muro—, me daba una sensación de gran inseguridad. Menos mal que llevé conmigo, escondido entre el jersey y el pecho, mi Pequeño Negro de trapo —Gorogó, Deshollinador—, y lo tenía allí, debajo de la almohada. Entonces comprendí que había perdido algo: olvidé en las montañas, en la enorme y destartalada casa, mi teatrito de cartón. (Cerré los ojos y vi las decoraciones de papeles transparentes, con cielos y ventanas azules, amarillos, rosados, y aquellas letras negras en el dorso: *El Teatro de los Niños, Seix y Barral, clave telegráfica: Arapil. Al primer telar, numero 3... «La estrella de los*

Reyes Magos», «*El alma de las ruinas*», y el misterio enorme y menudo de las pequeñas ventanas transparentes. Oh, cómo deseé de nuevo que fuera posible meterse allí, atravesar los pedacitos de papel, y huir a través de sus falsos cristales de caramelo. Ah, sí, y mis álbumes y mis libros: «Kay y Gerda, en su jardín sobre el tejado», «La Joven Sirena abrazada a la estatua», «Los Once Príncipes Cisnes». Y sentí una rabia sorda contra mí misma. Y contra la abuela, porque nadie me recordó eso, y ya no lo tenía. Perdido, perdido, igual que los saltamontes verdes, que las manzanas de octubre, que el viento en la negra chimenea. Y, sobre todo, no recordaba siquiera en qué armario guardé el teatro; sólo Mauricia lo sabía.) No me dormí y vi amanecer, por vez primera en mi vida, a través de las rendijas de la persiana.

La abuela me llevó al pueblo, a su casa. Qué gran sorpresa cuando desperté con el sol y me fui, descalza, aún con un tibio sueño prendido en los párpados, hacia la ventana. Cortinas rayadas de azul y blanco, y allá abajo el declive. (Días de oro, nunca repetidos, el velo del sol prendido entre los troncos negros de los almendros, abajo, precipitadamente hacia el mar.) Gran sorpresa, el declive. No lo sospechaba, detrás de la casa, de los muros del jardín descuidado, con sus oscuros cerezos y su higuera de brazos plateados. Quizás no lo supe entonces, pero la sorpresa del declive fue punzante y unida al presentimiento de un gran bien y de un dolor unidos. Luego me llevaron otra vez a la ciudad, y me internaron en Nuestra Señora de los Ángeles. Sin saber por qué ni cómo, allí me sentí malévola y rebelde; como si se me hubiera clavado en el corazón el cristalito que también transformó, en una mañana, al pequeño Kay. Y sentía un gran placer en eso, y en esconder (junto con mis recuerdos y mi vago, confuso amor por un tiempo perdido) todo lo que pudiera mostrar debilidad, o al menos me lo pareciese. Nunca lloré.

Durante las primeras vacaciones jugué poco con Borja. Me tacharon de hosca y cerril, como venida de un mundo campesino, y aseguraron que cambiarían mi carácter. Año y medio más tarde, apenas amanecida la primavera —catorce años recién cumplidos—, me expulsaron, con gran escándalo y consternación, de Nuestra Señora de los Ángeles.

En casa de la abuela, hubo frialdad y promesas de grandes correcciones. Por primera vez, si no la simpatía, me gané la oculta admiración de Borja, que me admitió en su compañía y confidencias.

En plenas vacaciones estalló la guerra. Tía Emilia y Borja no podían regresar a la península, y el tío Álvaro, que era coronel, estaba en el frente. Borja y yo, sorprendidos, como víctimas de alguna extraña emboscada, comprendimos que debíamos permanecer en la isla no se sabía por cuánto tiempo. Nuestros respectivos colegios quedaban distantes, y flotaba en el ambiente —la abuela, tía Emilia el párroco, el médico—, un algo excitante que influía en los mayores y que daba a sus vidas monótonas un aire de anormalidad. Se trastocaban las horas, se rompían costumbres largo tiempo respetadas. En cualquier momento y hora, podían llegar visitas y recados. Antonia traía y llevaba noticias. La radio, vieja y llena de ruidos, antes olvidada y despreciada por la abuela, pasó a ser algo mágico y feroz que durante las noches centraba la atención y unía en una rara complicidad a quienes antes sólo se trataron ceremoniosamente. La abuela acercaba su gran cabeza al armatoste, y, si se alejaba la anhelada voz, lo sacudía frenética, como si así hubiera de volver la onda a su punto de escucha. Quizá fue todo esto lo que estrechó las relaciones, hasta entonces frías, entre Borja y yo.

La calma, el silencio y una espera larga y exasperante, en la que, de pronto, nos veíamos todos sumergidos, operaba también sobre nosotros. Nos aburríamos e inquietábamos alternativamente, como llenos de una lenta y acechante zozobra, presta a saltar en cualquier momento. Y empecé a conocer aquella casa, grande y extraña, con los muros de color ocre y el tejado de alfar, su larga logia con balaustrada de piedra y el techo de madera, donde Borja y yo, de bruces en el suelo, manteníamos conversaciones siseantes. (Nuestro siseo debía tener un eco escalofriante arriba, en las celdillas del artesonado, como si nuestra voz fuera robada y transportada por pequeños seres de viga a viga, de escondrijo en escondrijo.) Borja y yo, echados en el suelo, fingíamos una partida de ajedrez en el desgastado tablero de marfil que fue de nuestro abuelo. A veces Borja gritaba para disimular: *Au roi!* (porque a la abuela y a la tía Emilia les gustaba que practicáramos nuestro detestable francés con acento isleño). Así, los dos, en la logia —que a la abuela no le gustaba pisar, y que sólo veía a través de las ventanas abiertas— hallábamos el único refugio en la desesperante casa, siempre hollada por las pisadas macizas de la abuela, que olfateaba como un lebrel nuestras huidas al pueblo, al declive, a la ensenada de Santa Catalina, al Port... Para escapar y que no oyera nuestros pasos, teníamos que descalzarnos. Pero la maldita descubría, de repente, cruzando el suelo, nuestras sombras alargadas. Con su porcina vista baja, las veía huir (como vería, tal vez, huir su turbia vida piel adentro), y se le caía el bastón y la caja de rapé (todo su pechero manchado) y aullaba:

—¡Borja!

Borja, hipócrita, se calzaba de prisa, con la pierna doblada como una grulla (aún lo veo sonreír hacia un lado, mordiéndose una comisura, los labios encendidos como una mujerzuela; eso parecía a veces, una mujerzuela, y no un muchachote de quince años, ya con pelusa debajo de la nariz).

—Ya nos vio la bestia...

(En cuanto nos quedábamos solos, nos poníamos a ver quién hablaba peor.) Borja salía despacio, con aire inocente, cuando ella llegaba golpeando aquí y allá los muebles con su bastoncillo, pesada como una rinoceronte en el agua, jadeando, con su cólera blanca encima de la frente, y decía:

—¿A dónde ibais... sin Lauro?

—Íbamos un rato al declive...

(Aquí estoy ahora, delante de este vaso tan verde, y el corazón pesándome. ¿Será verdad que la vida arranca de escenas como aquélla? ¿Será verdad que de niños vivimos la vida entera, de un sorbo, para repetirnos después estúpidamente, ciegamente, sin sentido alguno?)

Borja no me tenía cariño, pero me necesitaba y prefería tenerme dentro de su aro, como tenía a Lauro. Lauro era hijo de Antonia, el ama de llaves de la abuela. Antonia tenía la misma edad que la abuela, a quien servía desde niña. Al quedarse viuda, siendo Lauro muy pequeño —la abuela la casó cuándo y con quién le pareció bien—, la abuela la volvió a tomar en la casa, y al niño lo enviaron primero al Monasterio, donde cantaba en el Coro y vestía sayal, y luego al Seminario. (*Lauro el Chino. Lauro el Chino*. Solía decir, a veces: «Ésta es una isla vieja y malvada. Una isla de fenicios y de mercaderes, de sanguijuelas y de farsantes. Oh, avaros comerciantes. En las casas de este pueblo, en sus muros y en sus secretas paredes, en todo lugar, hay monedas de oro enterradas». Imaginé líquidos tesoros, mezclados a los resplandecientes huesos de los muertos, debajo de la tierra, en las raíces de los bosques. Revueltas entre piedras y gusanos, en los monasterios, las monedas de oro, como luminosos carbones encendidos.) Y si Lauro hablaba —como solía— en la noche del declive, unidos los tres por sus misteriosas palabras, imbuidos de aquella voz baja, yo a veces cerraba los ojos. Tal vez fueron aquéllos los únicos momentos buenos que tuvimos para él. En la oscuridad erraban mariposas de luz, como diminutos barcos flotantes, iguales a aquellos que pasaban sobre la Joven Sirena y que la estremecían de nostalgia. (Barcos de seda roja y bambú, donde navegó el extraño muchacho de los ojos negros que no pudo darle un alma.) El Chino se callaba de pronto y se pasaba el pañuelo por la frente. Parecía que al hablarnos de los mercaderes lo hiciera con la única furia permitida a su cintura doblada de sirviente. Borja se impacientaba: «Sigue, Chino». Él se limpiaba los lentes de cristal verde, y al quitárselos aparecían sus ojos mongólicos, de párpados anchos a medio entornar. «Estoy cansado, señorito Borja... la humedad me acentúa la afonía... yo...» «¡No te calles!» Y Borja le apoyaba la mano en el pecho, como para empujarle. El Chino se quedaba mirando la mano, con los dedos abiertos, como cinco puñalillos. «Déjenme subir a dormir... Estoy muy triste, déjenme... ¿Qué saben ustedes, de estas cosas? ¿Han perdido algo, acaso? ¡Ustedes no han perdido nunca nada!». Como no entendíamos, Borja se reía. Yo pensaba: «¿He perdido? No sé: sólo sé que no he encontrado nada». (Y era como si alguien o algo me hubiera traicionado, en un tiempo desconocido.) No éramos buenos con él. «Señor Preceptor, míster Chino...» Le llamábamos Prespectiva, Cuervo Prespectiva, Judas amarillo... y cualquier nombre estúpido que nos pasara por la cabeza, bajo el enramado de los cerezos del jardín o de la higuera a donde se subía el tozudo gallo de Son Major. (¿Cómo me acuerdo ahora del gallo de Son Major? Era un viril y valiente gallo blanco, de ojos coléricos, que resplandecían al Sol. Se escapaba de Son Major para ir a subirse a la higuera de nuestro jardín.)

Lauro estuvo muchos años en el Seminario, pero al fin no pudo ser cura. La abuela, que pagó sus estudios, estaba disgustada. Momentáneamente se convirtió en nuestro profesor y acompañante. A veces mirándole, pensé si le habría pasado en el Seminario algo parecido a lo que me ocurrió en Nuestra Señora de los Ángeles.

—Cura rebotado —le decíamos. Yo imitaba en todo a Borja.

Cura rebotado, de ojos tristes y mongólicos, de barba sedosa y negra, apenas nacida. Las niñas amarillas y redondas, eran difíciles de ver tras los cristales verdes de las gafas. *El Chino*.

—¡Por Dios, por Dios, delante de su señora abuela no me llamen así! Guarden la compostura, por favor, o me echará a la calle...

El Chino miraba a Borja, con los labios temblorosos sobre los dientes salidos, separados.

Borja, con la navaja que le quitó a Guiem, cortaba trozos de vara. Se reía calladamente y tiraba al aire la madera verde y húmeda, con un hermoso perfume. Los trozos de la vara caían al suelo del jardín, por encima de la cabeza del Chino. Borja se llevaba una mano abierta a la oreja:

—¿Qué dices, qué dices? No oigo bien: mírame dentro de las orejas, tengo algo que me zumba. No sé si será una abeja...

Los pómulos achatados del Chino se cubrían de un tono rosado. *Delante de la abuela no*. (Pero delante de la abuela Borja aparecía confiado, bueno.) Borja besaba las manos de la abuela y de su madre. Borja se persignaba, el rosario entre sus dedos dorados, como un frailecito. Eso parecía, con sus desnudos pies castaños dentro de las sandalias. Y decía:

—Misterios de Dolor...

(Borja, gran farsante. Y, sin embargo, qué limpios éramos, todavía.)

Recuerdo un viento caliente y bajo, un cielo hinchado como una infección gris, las chumberas pálidas apenas verdeantes, y la tierra toda que venía desde lo alto, desde las crestas de las montañas donde los bosques de robles y de hayas habitados por los carboneros, para abrirse en el valle, con el pueblo, y precipitándose por el declive, detrás de nuestra casa, hasta el mar. Y recuerdo la tierra cobriza del declive escalonado por los muros de contención: las piedras blanqueando como enormes dentaduras, una sobre otra, abiertas sobre el mar que allá abajo se rizaba.

De pronto cesaba el viento, y Borja, en el cuarto de estudio, conmigo y con el Chino, levantaba la cabeza y escuchaba, como si fuera a oírse algo grande y misterioso. (En el piso de arriba, en su gabinete, la abuela desgarraba con ansiosas zarpas la faja de los periódicos recién recibidos. El ávido temblor de sus dedos, con los brillantes hacia la palma de la mano. La abuela buscaba y buscaba en los periódicos huellas de la *hidra roja* y de sus desmanes, fotografías de nobles sacerdotes abiertos en canal.)

Recuerdo. Tal vez eran las cinco de la tarde, aquel día, y el viento cesó de repente. El perfil de Borja, delgado como el filo de una daga. Borja levantaba el labio superior de un modo especial, y los colmillos, largos y agudos, como blanquísimos piñones mondados, le daban un aire feroz.

—Cállate ya, grulla —dijo.

A media catilinaria el Chino parpadeó, confuso. Y suplicó, en seguida:

—Borja... —interrumpiéndose.

Miró sobre los cristales verdes, al través de la bruma amarilla de sus ojos, y otra vez, y otra, me pregunté por qué razón le temía tanto a un mocoso de quince años. A mí también me apresó, puede decirse, sin saber cómo. Aunque si alguna noche me despertaba con sed y, medio dormida, encendía la luz de la mesilla y buscaba el vaso cubierto por un tapetito almidonado (Antonia, ritual, los ponía de habitación en habitación todas las noches) mientras se hundían mis labios en el agua fresca sabía que estuve soñando que Borja me tenía sujeta con una cadena y me llevaba tras él, como un fantástico titiritero. Me rebelaba y deseaba gritar –como cuando era pequeña, en el campo–, pero Borja me sujetaba fuertemente. (¿Y por qué?, ¿por qué? si aún no cometí ninguna falta grave, para que me aprisionase con el secreto.)

Sentado a un extremo de la mesa le daba vueltas a un lápiz amarillo. Las hojas del balcón estaban abiertas y se veía un pedazo de cielo gris y muy brillante. Borja salió afuera y yo me levanté para seguirle. Lauro el Chino me miró, y vi que se traslucía el odio en sus ojos, un odio espeso, casi se podía tocar en el aire. Le sonreía como había aprendido de Borja:

–¿Qué pasa, viejo mono?

No era viejo, apenas rebasaba los veinte años, pero parecía sin edad sumido en sí mismo, como devorándose. (Borja decía que le había oído azotarse, de rodillas: miró por la cerradura de su horrible habitación, en la buhardilla de la casa, en cuyo muro tenía pegadas estampas y reproducciones de vidrieras de la Catedral de no sé dónde, alrededor de un santito moreno que se parecía a Borja, con el pelo rizado y los pies descalzos. Y también una fotografía de su madre y de él, cogidos de la mano: él con un sayal, y asomando por debajo los calcetines arrugados.) Pero a mí Lauro el Chino no me temía como a Borja:

–Señorita Matia, usted se queda aquí.

Borja volvió a entrar. Tenía la piel encendida y hacía rodar el lápiz entre los dedos. Entrecerró los ojos:

–Se acabó el latín, señor Prespectiva...

Lauro el Chino se llevó un dedo, largo y amarillo, a la sien. Algo murmuró por entre los labios gordezuelos, que mostraron la fila de sus dientes separados.

–¿A dónde van a ir? Su señora abuela preguntará por ustedes...

Borja echó sobre la mesa el lápiz, que rodó con un tableteo menudo sobre sus planos de forma trapezoide.

–Su abuela dirá: ¿dónde están los niños, Lauro?

¿Cómo les ha dejado solos? Y yo, ¿qué voy a responder? A ella no le gusta verlos vagabundear...

Borja echó atrás los brazos, los balanceó como péndulos, y, al fin, los alzó, colgándose del quicio del balcón. Encogió las piernas como un gazapo, las rodillas levantadas, brillando a la luz pálida. Se columpiaba como un mono. Bien mirado, había algo simiesco en Borja, como en toda mi familia materna. Se reía:

—Borja, Borja...

El viento, como dije, se había detenido. Antes de presentarse a la abuela, Borja vestía unos pantalones de dril azul, desgastados en los fondillos y arrollados sobre los muslos, y un viejo suéter marrón, dado de sí por todos lados. Su cuello emergía delgado y firme del escote redondo, y parecía aún más un frailecito apócrifo.

—Borja, señorito Borja: si un día viene su señor padre, el coronel...

Su Señor Padre, El Coronel. Me cubrí los labios con la mano, para fingir un ataque de risa. Su señor padre el coronel no venía, tal vez nunca vendría. (La tía Emilia, con sus anchas mandíbulas de terciopelo blanco y los ojillos sonrosados, quedaría esperando, esperando, esperando, abúlicamente, con sus pechos salientes y su gran vientre blando. Había algo obsceno en toda ella, en su espera, mirando hacia la ventana.)

Así estábamos, desde hacía más de un mes, sin nada. «Cuando acabe la guerra.» «La guerra será cosa de días», dijeron, pero resultaba algo rara allí en la isla. La abuela escudriñaba el mar con sus gemelos de teatro, que desempañaba con una punta de su pañuelo, y nada, nada. Un par de veces, muy altos, pasaron aviones enemigos. Sin embargo, algo había, como un gran mal, debajo de la tierra, de las piedras, de los tejados, de los cráneos. Cuando en el pueblo caía la hora de la siesta, o al resguardo de cualquier otra quietud, en esos momentos como de espera, resonaban en las callejuelas las pisadas de los hermanos Taronjí. Los Taronjí, con sus botas altas, sus guerreras a medio abotonar, rubios y pálidos, con sus redondos ojos azules, de bebés monstruosos y sus grandes narices judaicas. (Ah, los Taronjí. La isla, el pueblo, los sombríos carboneros, apenas se atrevían a mirarles un poco más arriba de los tobillos, cuando pasaban a su lado.) Los Taronjí llevaban los sospechosos a la cuneta de la carretera, junto al arranque del bosque, más allá de la plaza de los judíos. O a la vuelta del acantilado, tras rebasar Son Major.

—Borja, Borja...

Borja siguió balanceándose, mientras pudo. Luego se soltó y cayó al suelo, frotándose las muñecas y mirándonos de través bajo sus párpados anchos y dorados, como gajos de mandarina.

—Mono idiota —dijo—. Si papá viene se lo contaré todo, todo... Ya puedes rezar para que no venga, aunque tú no puedes rezar porque no crees en nada... Se lo contaré a papá y te entregará a los Taronjí... ¿Y sabes qué pasa con los monos viejos y pervertidos como tú?

El Chino se mordió los labios. Borja se acercó de nuevo a la mesa, rascándose un brazo:

—Hay calma chicha —dijo—, ...¿vamos?

—Ella no ha terminado su traducción... ella no —maulló Lauro el Chino, pobre preceptor de los jóvenes Borja y Matia.

(Pobre, pobre mono con sus lamentos nocturnos y su húmeda mirada de protegido de la abuela, con su atado, retorcido, empaquetado odio, arrinconado debajo de la cama, como un lío de ropa sucia. Pobre Lauro el Chino, triste preceptor sin juventud, sin ordinariez compartida, con palabras aprendidas y corazón de topo. Sus manos de labrador frustrado, con los bordes de los dedos amarillentos y las uñas comidas.) Algo me hacía presentir el secreto de Borja y el Chino, pero, aunque Borja me hablara a veces de esas cosas, no las entendía aún. (Una vez el Chino nos llevó a su cubil de la buhardilla, donde se achicharraba en las horas de la siesta, bajo las tejas que ardían al sol como un horno. Y allí se desprendió por única vez de su chaquetilla negra y aparecieron los sobacos sudorosos. Se arremangó y tenía los brazos cubiertos de pelos negros y suaves. Y se quitó la corbata y se desabrochó el cuello. Borja saltó a su camastro, que empezó a gemir como alarmado de aquel peso, y del que salía el polvo por todas las rendijas (toda la casa estaba llena de polvo). En aquel cuarto de la buhardilla se veía el amor de Antonia, su madre. Antonia estaba en las flores que había al borde de la ventana, y que el sol parecía incendiar. Eran, bien las recuerdo, de un rojo encendido, con forma de cáliz, y tenían algo violento, como el odio cerrado de Lauro. Y allí en el espejo, sujeta al marco, había una fotografía: él y su madre con el brazo alrededor de sus hombros. Él, niño feo con el pelo en remolinos y los calcetines arrugados por debajo del hábito. Su madre subía a la buhardilla todos los días y pasaba un paño por las mil fruslerías: reproducciones de cuadros, terracotas, flores, caracolas. Si la abuela hubiera sabido que subíamos allí, habría lanzado un alarido.) El Chino nos pasó los brazos por los hombros y nos acercó al espejo. Noté en la espalda desnuda —hacía tanto calor que no nos vestíamos como la abuela mandaba hasta la hora de comer, en que nos presentábamos por primera vez ante ella— su mano que iba de arriba abajo, igual que las ratas por la cornisa del tejado, y aunque nada dije me llené de zozobra. Lauro nos acariciaba a Borja y a mí a la vez, y dijo:

—Dos seres así, Dios mío, como de otro mundo...

Al fin, como saliendo de un encantamiento, Borja desprendió sus manos de nosotros.

—Hace calma —repetía Borja, mirándome.

Lauro el Chino decidió sonreír. Cerró el libro, del que salió una débil nube de polvo —el sol empezó a abrirse paso entre la húmeda y caliente niebla— y dijo, con falso optimismo:

—¡Bien! Vayamos, pues...

—Tú no vienes.

Lauro el Chino sacó su pañuelo y se lo pasó por la frente, despacio. Luego se lo llevó un momento bajo la nariz y lo apretó sobre el labio superior, dándose unos débiles golpecitos. Después se secó el cuello, entre la camisa y la piel.

Borja y yo salimos al declive.

2

Salíamos siempre por la puerta de atrás. Nos pegábamos al muro de la casa, hasta desaparecer del campo visual de la abuela, que nos creía dando clase. Desde la ventana de su gabinete, ella escudriñaba su fila de casitas blancas, cuadradas, donde vivían los colonos. Aquellas casitas, al atardecer, se encendían con luces amarillentas, y eran como peones de un mundo de juguete, y muñecos sus habitantes. Sentada en la mecedora o en el sillón de cuero negro con clavos dorados, la abuela enfilaba sus gemelos de raso amarillento con falsos zafiros, y jugaba a mirar. Entre los troncos oscuros de los almendros y las hojas de los olivos, se extendía el declive, hacia las rocas de la costa.

La barca de Borja se llamaba *Leontina*. Por unos escalones tallados en la roca se bajaba al pequeño embarcadero. Nosotros dos, solamente, íbamos allí. En la *Leontina* bordeábamos la costa rocosa, hasta la pequeña cala de Santa Catalina. No había otra en varios kilómetros, y la llamábamos el cementerio de las barcas, pues en ella los del Port abandonaban las suyas inservibles.

Hacía mucho calor y Borja brincaba delante de mí. Para ir a Santa Catalina, el mejor era el camino del mar. Desde tierra resultaba peligroso, las rocas altas y quebradas cortaban como cuchillos. A través de los últimos troncos, el mar brillaba verde pálido, tan quieto como una lámina de metal.

—¿Y los otros?

—Bah, no vendrán.

Pensaba en los de Guiem, siempre contra Borja. Con Borja, formaban los del administrador y Juan Antonio, el hijo del médico. Era la guerra de siempre. Pero Santa Catalina era sólo de Borja y mía. Saltamos a la *Leontina,* que se bamboleó, crujiendo. En tiempos estuvo pintada de verde y blanco, pero ahora su color era incierto. Borja tomó los remos, y apoyando el pie contra la roca hizo presión. La barca se apartó suavemente y entró mar adentro.

Santa Catalina tenía una playa muy pequeña, con una franja de conchas como de oro, al borde del agua, que al saltar de la barca se partían bajo los pies, y parecía que machacáramos pedazos de loza. De la arena dura, en la que apenas se marcaban las pisadas, brotaban pitas y juncos verdes. Siempre me pareció que había en la cala algo irremediable, como si un viento de catástrofe la sacudiera. Allí estaban, despanzurradas, las corroídas costillas al aire, viejas amigas ya, la *Joven Simón,* la *Margelida,* con su nombre a medio borrar en el costado. Las otras nadie sabía ya cómo pudieron llamarse en algún tiempo. Del centro de la *Joven Simón* brotaba un manojo alto de juncos, como una extraña vela verde. Y aún giraba un cable en la polea, tiñendo las palmas de orín.

Dentro de la *Joven Simón* guardaba Borja la carabina y la caja de hierro con sus tesoros: el dinero que robábamos a la abuela y a tía Emilia, los naipes, los cigarrillos, la linterna y algún que otro paquete suyo misterioso, todo ello envuelto en un viejo impermeable negro. Y, en el fondo de la escotilla, las botellas de coñac que sacamos de la habitación del abuelo, y otra de un licor dulzón y pegajoso que en realidad no nos gustaba y que descubrió Borja olvidada en la cocina. Casi todo aquello fue desapareciendo poco a poco del armario negro del abuelo, gracias a la pequeña ganzúa que Guiem —hijo de herrero— fabricó para Borja en alguna de las treguas entre los dos bandos. Había temporadas en que contemporizaban los de Guiem y los de Borja, y en ellas se intercambiaban los bienes inapreciables de Borja —sólo él tenía la llavecita de hierro de la caja, colgada de la misma cadena que la medalla— y los oscuros utensilios —navajas, ganzúas—, de Guiem. Había también un dispositivo —dos ganchos de hierro enmohecido— para la carabina, envuelta amorosamente en trapos aceitados, vendada y cubierta de ungüento como una momia egipcia. Las balas las guardaba en su habitación. Todo procedía del mismo lugar: era un hurón, un verdadero buitre de las cosas del abuelo muerto. Las tres habitaciones que fueron del abuelo ejercían una gran atracción sobre Borja y sobre mí. Rara *suite* lujoso-monástica, como toda la casa de la abuela: mezcla extraña de objetos valiosos, mugre, toscos muebles de pesada madera, finas porcelanas y vajilla de oro —regalo del rey al bisabuelo—, armas, herrumbre, telas de araña, poca higiene (siempre recordaré la vieja bañera desportillada, llena de lacras negras, y Antonia, vuelta la cabeza y cerrados los ojos, ofreciéndonos la toalla para frotarnos y sacudirnos como si quisiera volvernos del revés). Borja pudo entrar en las habitaciones cerradas del abuelo —había en la casa una vaga y no confesada superstición, como si el alma de aquel hombre cruel flotase por sus tres habitaciones contiguas— trepando por un extremo de la balaustrada de la logia. Luego gateó por la cornisa hasta alcanzar la ventana, con su cristal roto que despedía resplandores al atardecer, como un anticipo del infierno, y por el agujero del cristal abrió el pestillo. Se hundió en la oscuridad verde y húmeda de tiempo y tiempo, con mariposas laminadas y el cadáver de un murciélago –sí, de aquel murciélago muerto y hecho cenizas detrás de la biblioteca–. En sus rebuscas encontró el libro de los judíos, aquel que describía cómo los quemaban en la plazuela de las afueras, junto al encinar, cuyas palabras me recorrían la espalda como una rata húmeda, cuando en la barca o en la penumbra del cuarto de estudio, sin luz casi, con el balcón abierto al declive (o también alguna noche en la logia, pues la logia era nuestro punto de reunión cuando ya estaban todos acostados y salíamos de nuestros cuartos y saltábamos por las ventanas descalzos y sigilosos), Borja lo leía, paladeándolo, para atemorizarme. Teníamos el día entero para nosotros dos, pero solamente en la noche, fumando un prohibido cigarrillo y sin vernos claramente los rostros, nos hacíamos confesiones que jamás habríamos escuchado ni dicho a la luz del día. Y lo que en la logia y de noche se decía no lo repetíamos al día siguiente, como si lo olvidáramos.

En la *Joven Simón,* envueltos en un impermeable viejo, permanecían los naipes y las botellas fruto del saqueo. (Pobre Lauro el Chino. También allí tenía Borja, de su puño y letra, la prueba débil y humillante de su culpa, el olor a pescado podrido aún pegado a los maderos de la *Joven Simón.*) Muchas veces se iba allí él solo, porque le gustaba tumbarse en la cubierta de la barca, panza arriba, debajo del sol. Decía que el sol le hacía bien, y así estaba él de oscuro: como de bronce o de oro, según le daba la luz o la sombra, muros adentro. Bien es verdad –Borja, Borja– que si no pudimos querernos como verdaderos hermanos, como manda la Santa Madre Iglesia, al menos nos hicimos compañía. (Tal vez, pienso ahora, con toda tu bravuconería, con tu soberbio y duro corazón, pobre hermano mío, ¿no eras acaso un animal solitario como yo, como casi todos los muchachos del mundo?) En aquel tiempo, bajo el silencio rojo del sol, detrás de los rostros de los criminales —los Taronjí, las fotografías que venían de más allá del mar— y los viejos egoístas o indiferentes, corroídos como las barcas de Santa Catalina, no nos atrevíamos a confesar nuestra tristeza. Y siempre la sombra presente del padre —*El Coronel*— y los periódicos de la abuela, con sus horrendas fotografías —¿pastiche? ¿realidad? ¡Qué más daba!— de hombres abiertos, colgando de ganchos, como reses, en los quicios de las puertas. (Y disparos en las afueras, carretera adelante, al borde del acantilado, más allá de Son Major. Un grito, acaso, temerosamente oído una tarde, escondidos entre los olivos del declive.)

Borja nos enseñó a jugar a las cartas. Ni yo ni los hijos del administrador, ni Juan Antonio, el del médico —los serviles, los suyos— vimos nunca antes la reina de Pics ni la de Corazones, y perdíamos la asignación semanal, el dinero ahorrado y el que no era nuestro. Pero seguíamos en el juego. Hasta Guiem, tozudo y pesado, gran nariz rabina, torpe y cauteloso, logró entender una escalera de color: lo único que a Borja le enseñó su madre, la tía Emilia.

Aquella tarde la playita estaba como encendida. Había un latido de luz en el aire o dentro de nosotros. No se sabe.

Apenas pisamos la arena Borja se detuvo:

—Quieta —dijo.

Aun teníamos las piernas mojadas por el agua. A lo largo de los tobillos de Borja brillaban los granos de arena, como trocitos de estaño.

El hombre estaba boca abajo, con un brazo extendido en el suelo, arrimado a la panza de la barca como perro que busca refugio para dormir. Seguramente cayó rodando hacia el mar, hasta chocar con la *Joven Simón*. Cerca, detrás de las rocas, empezó a chillar una gaviota. Entre las barcas desfondadas, quemadas por el viento, las sombras se alargaban, sesgadas.

La arena despedía un vaho dulzón que se pegaba a la piel. A través de las nubes hinchadas, color humo, se intensificaba por minutos, como una úlcera, el globo encarnado del sol. Borja murmuró:

—Está muerto...

Tras la barca surgió primero una sombra y luego un muchacho. Creo que le vi antes alguna vez, en el huerto de su casa, y ya en aquel momento pensé que no me era desconocido. Sería, supuse, uno de la familia de Sa Malene, que tenían su casita y su huerto en el declive. Entre sus muros, vivían como en una isla perdida en medio de la tierra de la abuela, ya muy cerca del mar. Unos pegujales que tenían más allá del declive, les fueron confiscados. Eran una gente segregada, marcada. Había en el pueblo alguna otra familia así, pero la de Malene era la más acosada, tal vez por ser los Taronjí primos suyos y existir entre ellos un odio antiguo y grande. Estas cosas las sabíamos por Antonia. El odio, recuerdo bien, alimentaba como una gran raíz el vivir del pueblo, y los hermanos Taronjí clamaban con él de una parte a la otra, desde los olivares hasta el espaldar de la montaña, y aún hasta los encinares altos donde vivían los carboneros. Los Taronjí y el marido de Malene tenían el mismo nombre, eran parientes, y sin embargo nadie se aborrecía más que ellos. El odio estallaba en medio del silencio, como el sol, como un ojo congestionado y sangriento a través de la bruma. Siempre, allí en la isla, me pareció siniestro el sol, que pulía las piedras de la plaza y las dejaba brillantes y resbaladizas como huesos o como un marfil maligno y extraño. Las mismas piedras donde resonaban las pisadas de los hermanos Taronjí, parientes de José Taronjí, padre de aquel muchacho que salía de tras la barca, y cuyo nombre, de pronto, me vino a la memoria: Manuel. Sin saber cómo, me dije: «Algo ha pasado, y los Taronjí tienen la culpa». (Ellos, siempre ellos. Sus pies, hollando con un eco especial el empedrado de las calles o las ruinas del pueblo viejo, que ardió hacía muchos años y del que sólo quedaba la plaza de los judíos, junto al bosque. Muros quemados, grandes huecos negruzcos y misteriosos, a los que aplicaron puertas y que servían para almacenar piensos y leña.) En la plazuela de los judíos nos encontrábamos a veces con *los otros*. Viendo a aquel muchacho pensé vivamente en ellos: los de Guiem. Guiem, Toni el de Abrés, Antonio el de Son Lluch, Ramón y Sebastián. Guiem, por encima de todos: dieciséis años. Toni, quince; Antonio, quince; Ramón, trece —era el consentido, porque maliciaba más que nadie—. Y Sebastián el Cojo, catorce y ocho meses. (Decía siempre quince.) Pero éste, Manuel, no era de nadie. (De nuevo le recordé, me era familiar. De espaldas, inclinado a la tierra, allí, en el declive. La puerta del huerto, con la madera quemada por el aire del mar, abierta. Y él cara al suelo pedregoso, con flores y legumbres, sobre la pequeña, húmeda y arenosa tierrecilla. De pronto, las flores, como el estupor de la tierra, encarnadas y vivas, curvadas como una piel, como un temblor del sol, gritando en medio del silencio. Y había un pozo, entre las pitas, con un sol gris lamiendo la herrumbre de la cadena. Dentro de los muros se alzaba el verde exultante, las hojas frescas y tupidas de las verduras de que se alimentaban; que era, me dije yo, confusamente, como alimentarse de alguna ira escondida en el corazón de la tierra. Estaba él inclinado, y no era de nadie. Nadie quería ayudarles a recoger la aceituna, ni la almendra de sus pocos árboles. Los Taronjí se llevaron al padre, y el trabajo lo hacían la madre Malene, Manuel, y los dos menores, María y Bartolomé. Su casa era pequeña, cuadrada y sin tejado: un cubo blanco y simple, y en la puerta, tras las columnas encaladas del porche, una cortina rayada de azul que inflaba el viento. Tenían un perro que aullaba a la luna, al mar, a todo, y que enseñaba los dientes desde que los Taronjí se llevaron a José, el padre, de madrugada. Ellos eran como otra isla, sí, en la tierra de mi abuela; una isla con su casa, su pozo, la verdura con que alimentarse y las flores moradas, amarillas, negras, donde zumbaban los mosquitos y las abejas y la luz parecía de miel. Yo vi a Manuel inclinado al suelo, descalzo, pero Manuel no era un campesino. Su padre, José, fue el administrador del señor de Son Major, y luego se casó con Malene. Sa Malene estaba muy mal vista en el pueblo —lo decía Antonia— y el señor de Son Major les regaló la casa y la tierra.) Y otra vez sin comprender cómo, ni por qué, y tan rápidamente como en un soplo, recordé: «José Taronjí tenía las listas», dijo Antonia a la abuela. La abuela la escuchaba mientras dos mariposas de oro se pegaban ávidamente al tubo de la lámpara de cristal, se morían temblando y caían al suelo como un despojo de ceniza. Lauro lo explicó más detalladamente: «Lo tenían todo muy bien organizado: se repartieron Son Major y él lo distribuyó muy bien: quiénes iban a vivir en la planta, quiénes en el piso de arriba... Y ésta su casa también, doña Práxedes...». Era la misma voz de cuando decía: «En un pueblo de Extremadura han rociado con gasolina y han quemado vivos a dos seminaristas que se habían escondido en un pajar. Los han quemado vivos, malditos... malditos. Están matando a toda la gente decente, están llenando de Mártires y Mártires el país...». (El Chino y los Mártires, las vidrieras de Santa María con sus hermanos muertos allí arriba, y detrás el sol feroz y maligno empujando con su fulgor el rojo rubí, el esmeralda, el cálido amarillo de oro. Y el Chino continuaba como un sonámbulo: «Tendremos altares cubiertos de sangre y en nuevas vidrieras veremos los rostros de tantos y tantos hermanos nuestros...».)

Era al padre de Manuel a quien se llevaron los Taronjí, los de las altas botas de jinetes que no montaban jamás a caballo. Manuel dejó el convento donde vivía, y estaba allí, en el huerto, trabajando para ellos porque nadie del pueblo les ayudaba. Y otra vez recordé la voz del Chino, que decía: «Pues como antes, que iban los leprosos con campanillas a la puerta de David, y se retiraban los hombres puros al oírlos, así debían ir por donde pasan con la peste de sus ideas...». Era Manuel el muchacho que salía detrás la barca, no cabía duda; era aquélla su espalda inclinada al suelo, vista por nosotros al otro lado de la puerta corroída por el aire del mar; era su nuca de oscuro color moreno, del bronco color del sol sobre el sudor, no del dorado suave de Borja. Y, también, había sol en el color de su pelo quemado, seco por su fuego, en franjas como de cobre. «Pelirrojo como todos ellos —dijo Borja, entonces—. Pelirrojo. Chueta asqueroso.»

3

No sé si lloraba, porque tenía la cara cubierta de sudor.

—Préstame la barca —dijo.

Creí que latiría en su voz la misma ira de las flores, pero era una voz opaca, sin matiz alguno. De frente me parece que no le había visto nunca. No tenía la cara tan quemada como la nuca. Apenas recuerdo sus facciones, sólo sus ojos, negros y brillantes, donde resaltaba la córnea casi azul. Unos ojos distintos a los de cualquier otro. Era alto y corpulento para su edad, y sólo al mirarlo me pareció que no necesitaba pedirle la barca a Borja: se la podía llevar con sólo adelantar un paso y darle a mi primo un empujón. Las piernas desnudas de Borja y sus pies de dedos largos, con una uña rota en el pulgar derecho, aquellas piernas aún húmedas, con la arena pegada, estaban en un desamparo total, junto a la maciza figura de Manuel. Y Manuel, de pronto, no era un muchacho. No, bien cierto era que (quizá desde el mismo instante en que pidió la barca, en la ensenada de Santa Catalina, con una gaviota chillando destemplada, inoportuna) parecía muy distante su infancia, su juventud, hasta la vida misma. Y no había cumplido, seguramente, los dieciséis años.

El cuerpo del hombre seguía pegado como un marisco a la quilla de la *Joven Simón*. No recuerdo si tuvimos miedo. Es ahora, quizá, cuando lo siento como un soplo, al acordarme de cómo nos habló. Aún veo los juncos, tan tiernos, brotando de la arena, y el azul violento de las pitas. Una estaba rota, con los bordes resecos como una cicatriz.

Primero creí que eran lágrimas lo que le brillaba en las mejillas. Pero estaba cubierto de sudor y no se podía precisar. Pensé: «¿Cómo habrá llegado aquí, sin barca?». Debió descolgarse por las rocas. A pesar del calor dulzón que parecía emanar del suelo y el cielo al mismo tiempo, sentí frío. «Han tirado al hombre, lo han despeñado rocas abajo.» Algo empezó a brillar. Quizá era la tierra. Todo estaba lleno de un gran resplandor. Levanté la cabeza y vi cómo el sol, al fin, abría una brecha en las nubes. Se sentía su dominio rojo y furioso contra la arena y el agua. La gaviota se calló, y en aquel gran silencio (era de pronto como un trueno mudo rodando sobre nosotros) me dije: «Ese hombre está muerto, lo han matado. Ese hombre está muerto».

(Los Taronjí, Lauro el Chino, Antonia... Y también Lorenza, la cocinera, y Es Ton, su marido. Hacía unos días: «Los han metido en el corral a los cinco. Se subieron al muro los dos Taronjí y sus compañeros los apuntaron con las pistolas. Y ellos sin hablar, callados». A Lorenza no era sudor, eran lágrimas lo que le caían, oyendo a su marido decir aquello. No sabían que yo fui a buscar las sogas para llevarlas a donde Borja me esperaba. Me metí detrás de la cocina, por el patio. Hablaban en su idioma pero les entendía. Me subí a la escalera corta del cobertizo. Olía muy fuerte a las cenizas para hacer jabón y a las cáscaras de la almendra amontonadas al otro lado. Pasé un dedo por el vidrio roto, sin brillo, gris del polvo y la tierra pegada. Por el agujero la veía sentada, con el cuchillo entre las manos: lo único que flameaba. Tenía los ojos bajos y las gotas brillantes le caían hacia abajo. Yo contenía la respiración, oyendo la voz de su marido. Es Ton. Sólo veía su sombra, que se iba y se venía sobre los ladrillos encarnados del suelo, y el ruido de sus eses silbadas, pues hablaba en voz baja. «Y ha dicho la del administrador: *¿Y ése, leyendo todos los días El Liberal? Y nunca ponía los pies en la iglesia.* Y Taronjí le dio con la culata. Entre tanto los otros querían empujar la puerta. Y mira, mujer, eran como animales; sí, igual que animales. A los tres carboneros les ataron las manos a la espalda y miraban hacia arriba que daba miedo. Entonces dijo el mayor Taronjí: *abrid.* Y los sacaron. Se montó el pequeño de Riera en el coche, ya sabes, ese coche negro que tienen del Ayuntamiento, y lo pusieron en marcha. Me miró *es* Taronjí mayor, y me dijo: *mejor que te vayas a casa, Ton. Mejor que no mires ninguna de estas cosas.* Sabe que ella me defendería, después de todo. ¿No crees que ella me defendería? Siempre le han hecho caso a ella. ¿No te parece?» Y, por el tono, yo comprendí que *ella* era mi abuela, que le tendría que defender a Es Ton, de los Taronjí o de alguien. Pero —me dije— a la abuela no le importaba nada de nadie. Y entonces me vio Lorenza, porque crujió la escalera. Tuvo un gran susto, y dijo: «Por Dios, ¿qué hace ahí? ¿qué hace ahí?». Y me miraba de un modo raro y me pareció que tenía los labios muy descoloridos y que me llamaba de usted, a pesar de que, cuando no estaba delante la abuela, no lo hacía nunca. Y vi su cara como contraída y que tenía los ojos secos. Por eso me parecía muy raro que hubiera llorado. Su marido, Es Ton, desapareció en seguida: oí sus pasos hacia el patio, como huyendo. Bajé de la escalera y noté que me había metido en la boca alguna semilla que me amargaba mucho.)

Era verdad: aquel hombre caído, pegado a la *Joven Simón,* estaba muerto.

—¿Quién es? —preguntó Borja, con voz enronquecida. Y Manuel contestó:

—Mi padre.

Me volví de espaldas. Estaba sorprendida. Había oído muchas cosas y visto, de refilón, las fotografías de los periódicos, pero aquello era real. Estaba allí un hombre muerto, lanzado por el precipicio hasta la ensenada.

—Se quiso escapar cuando lo llevaban...

Parecía mentira, parecía algo raro, de pesadilla. Pero era Manuel, su hijo, quien lo contaba. Y estaba allí, delante de nosotros, con su sombra alargándose en el suelo, sesgada e irreal. Se veía el temblor de sus piernas, firmemente plantadas, pero hablaba despacio y mesuradamente, con una voz sin brillo. Y era sudor, sudor tan sólo, lo que caía por las mejillas. Una gota que rodaba al lado de su nariz, hasta el labio, brillando mucho, también era de sudor. Ni una, ni una sola lágrima. Y continuó con sus labios blancos, ladeando una mano, para indicar el trayecto del cuerpo, hasta caer allí, marcado aún en la arena.

—Déjame la barca —repitió—. Le quiero llevar a casa.

Borja se retiró hacia las rocas. La gaviota volvió a chillar. Nos sentamos muy juntos, tanto que nuestras rodillas se tocaban, detrás de una chumbera. Borja, que estaba muy pálido, se rodeó las rodillas con los brazos, y con la cabeza inclinada miró a través de las anchas palas de la planta. Le imité. Busqué su mano y él retuvo la mía un momento, apretándola mucho. Sus ojos de almendra estaban inundados de sol, como vaciados; y en ellos había un gran estupor, también. Dijo:

—Supongo que por dejarla no hacemos nada malo...

Manuel volvió cara arriba al hombre, y vimos parte de la arena manchada de rojo oscuro.

—¿Desde cuándo estará ahí? —dijo mi primo, muy bajo.

Manuel lo arrastró hacia el borde del mar. El hombre no llevaba calcetines, y asomaban sus tobillos desnudos por el borde del pantalón. Sus zapatos estaban muy nuevos, como si se hubiera puesto la ropa del domingo.

—Sí que es verdad —añadió Borja, mirando como a su pesar, y de lado, por entre los huecos de la chumbera—, sí que es José, su padre. ¡Maldito sea, llevarse así mi barca...!

Y añadió:

—Oye tú: ni una palabra a nadie.

Negué con la cabeza. En aquel momento, Manuel iba por la franja de conchas, que brillaban al resplandor del sol como una inmóvil ola de fuego. El cuerpo las arrastraba y las hundía con su peso, entre un ahogado tintineo. Súbitamente Borja gritó:

—¡Date prisa! ¿O es que quieres que se entere mi abuela?

Manuel no respondió. Por entre las palas verdes cubiertas de púas, veía el temblor de sus piernas. Se había manchado de sangre los costados de la camisa, como si le hubiera querido cargar a hombros y no hubiera soportado el peso. Lo arrastraba como un saco, no podía hacer otra cosa.

Al fin se oyó el chapoteo del agua y el ruido del cuerpo al caer al fondo de la barca. Era un ruido sordo, como sofocado por trapos. Se notaba que era un cuerpo muerto el que caía en la barca. Me incorporé y miré sobre la chumbera. Manuel, con el remo, apartaba la barca de las rocas. Luego se quedó así, en proa, apuntándonos un instante con él como si fuera un arma, mientras la *Leontina* entraba dulcemente en el mar. El borde del agua se rizaba, blanco, lanzando hacia nosotros combas de espuma, como en un juego desconocido.

El viento comenzó a soplar. Manuel se sentó, y con un solo remo viró hacia la izquierda, hacia el declive.

—Vámonos de aquí —dijo mi primo.

—Suéltame, me haces daño...

Pero no me soltaba. Ya no estaba Manuel, ni nadie, ni la *Leontina*. Sólo nosotros dos y el viento, que de pronto nos lanzó sobre la cara una onda de arena, que sentimos crujir entre los dientes. Era todo como un sueño, como un gran embuste al estilo de Lauro el Chino. Casi no se podía creer.

Los dos a un tiempo nos acercamos a la *Joven Simón*, como si deseáramos una prueba de que aquello no era una mentira. Borja se agachó y su dedo recorrió el madero rugoso y quemado, gris por el tiempo. En él se veían la mancha negruzca y los agujeros de las dos balas. Estuvo un rato inmóvil en cuclillas. Metió el dedo en un agujero, y luego en otro. Al verle hacer esto me acordé de lo que decían de santo Tomás, que metió los dedos en las heridas de Jesús, para asegurarse de su verdad. Tan irreal parecía todo aquella tarde. Me agaché y le puse la mano en un hombro. Dijo:

—Bueno, supongo que la va a devolver.

—¿Esperamos?

—Sí, ¿qué vamos a hacer, si no? Por nada del mundo debe enterarse la abuela. ¡Y no vamos a subir hasta ahí arriba!

Miré hacia lo alto, donde las rocas se oscurecían hasta parecer negras y las pitas tenían un aire feroz, de alfanjes. Mucho más arriba, hacia el cielo, negreaban los árboles.

—Pero podemos volver saltando por las rocas.

—No —se obstinó—. Ha de traer la barca. Se lo he dicho. No se atreverá a desobedecer...

La gaviota pasó sobre nuestras cabezas y nos sobresaltó estúpidamente. Borja empezó a limpiarse la arena de las piernas. Subimos a la *Joven Simón*, y nos tendimos. El sol enrojecía en un cielo limpio, donde se oían zumbar las moscas y mil insectos. El mar tenía un rumor espeso, monótono.

—Lo peor van a ser las manchas —dijo mi primo.

—Se quitan. Además, ni la abuela ni tu madre vienen aquí, ni se acuerdan siquiera de la *Leontina*.

Borja estuvo un momento callado, y dijo:

—No es sólo... Bueno, ¿sabes?, nadie debe saber esto. Ni los chicos ni nadie. No se debe ayudar a esa gente. Nadie les ayuda. Hace ya muchos días que recogen ellos solos su cosecha... Todos tienen miedo de ayudarles, porque Malene y los suyos... pues eso, están muy significados, muy mal vistos.

Hizo una pausa, y añadió, siempre mirando a un punto remoto:

—A veces le he visto cavar en su huerto.

—Yo también —dije. Porque, sin nombrarlo, los dos pensábamos sólo en Manuel y no se me borraba su imagen, de pronto muy clara. Sin embargo, antes de aquel día no le di nunca importancia, ni siquiera pregunté a los chicos: «¿Y ése de la casa de al lado, quién es?».

—¿Y quién es? ¿Y por qué?

—Eso —Borja hizo un gesto vago con la mano—, que son mala gente. Su padre, ese que han matado, era el administrador del de Son Major... Y dicen que el de Son Major lo casó con su querida, Sa Malene, ya sabes, la madre de Manuel. El de Son Major les dio la casa, los olivos, el huerto... ¡Todo se lo deben a él!

—¿Jorge? —pregunté con malicia, porque sabía que tocaba el punto flaco de mi primo. Si había alguien a quien mi primo admiraba de lejos era a Jorge de Son Major. Deseaba imitarle, ser algún día como él. Que se contaran de él algún día cosas como las que oíamos de aquel misterioso pariente nuestro, que vivía al final del pueblo, en la esquina del acantilado, retirado y sin ver a nadie, con un viejo criado extranjero llamado Sanamo. Por lo que oí a Antonia y a Es Ton, Jorge de Son Major fue un tipo raro, un aventurero que dilapidó su fortuna de un modo absurdo —según la abuela— en extraños y pecadores viajes por las islas. Pero a los ojos de mi primo era únicamente un ser fantástico. La abuela y Jorge estaban distanciados hacía muchos años.

—Bueno, eso es —dijo mi primo.

—¿Qué hacía José Taronjí?

—Ya te dije que era un mal nacido, un mal hombre. Era su administrador, pero se significó mucho, y supongo que últimamente andaría sin trabajo. Un desgraciado, después de todo lo que hizo por ellos Jorge. Le odiaba, le odiaba con toda su alma. ¡Y el Chino dijo que tenía las listas y que entre todos se repartieron Son Major! Luego, ya lo ves: lo llevarían a alguna parte y se ha querido escapar... Han tenido que matarlo.

De pronto, aquellas palabras cobraron un extraño relieve. Él mismo se debió dar cuenta, porque se calló en seco y su silencio se sentía sobre nosotros. El sol lucía plenamente, y dentro del silencio, durante un rato —de forma parecida a cuando se cierran los ojos y se continúa viendo el contorno luminoso de las cosas, cambiando de color en el interior de los párpados— oí su voz, que decía: *han tenido que matarlo, han tenido que matarlo*. Todo el cielo parecía meterse dentro de los ojos, con su brillo de cristal esmerilado, dejando caer el gran calor sobre nuestros cuerpos. Sentí un raro vacío en el estómago, algo que no era solamente físico: quizá por haber visto a aquel hombre muerto, el primero que vi en la vida. Y me acordé de la noche en que llegué a la isla, de la cama de hierro y de su sombra en la pared, a mi espalda.

—Me va a dar una insolación...

Me senté sobre la barca. Borja continuaba tendido,

callado e inmóvil. El resplandor me acompañaba aún. Lo tenía tan metido dentro, que todo: yo, las barcas muertas, la arena, las chumberas, parecíamos sumergidas en el fondo de una luz grande y doliente. Oía el mar como si las olas fueran algo abrasador que me inundara de sed. Supongo que así pasó mucho tiempo.

Salté al suelo y me fui hacia las conchas de oro. Entonces Borja me llamó:

—¡Ven aquí, no seas estúpida! Te pueden ver, si alguien pasara por arriba, y es mejor que nadie sepa...

Volví. Él se había echado boca abajo, y metía la mano por la escotilla. Por lo visto, quería hacer como si nada hubiera pasado. Como si lo hubiéramos olvidado, por lo menos.

Sacó los naipes. Nos sentamos con las piernas cruzadas, como solíamos. Encendió la linterna y la colgó del cable. Aún no era de noche. Le gané dos veces, y oscureció. De todos modos, aún le debía dinero. ¡Nunca acabarían mis deudas con él! Borja sacó la botella, pero no teníamos ganas de beber. Dimos un trago, a la fuerza, y la volvió a guardar. Era el horrible licor dulce, empalagoso. No se veía ya. La linterna, amarilla, como una lengua luminosa, aparecía rodeada de insectos ansiosos, chocando unos con otros. Los mosquitos nos picaban, y de cuando en cuando se oían nuestros manotazos en brazos y piernas. De pronto, dije:

—¿Desde cuándo son así?

—¿Quiénes?

—Ésos... ¿desde cuándo piensan de ese modo?

—Qué sé yo. Están llenos de rencor. El Chino dice... Tendrán envidia, porque nosotros vivimos decentemente. Están podridos de rencor y de envidia. Nos colgarían a todos, si pudieran.

Era un tema que siempre me llenaba de zozobra, porque mi padre, al parecer, estaba con ellos, *en el otro lado*. Borja me mortificó alguna vez con alusiones a mi padre y sus ideas. Pero Borja parecía haberlo olvidado en aquel momento. Continuó:

—Fíjate si son de mala especie: él les estuvo favoreciendo tanto —(y yo noté cómo tozudamente, al hablar de *ellos,* sólo pensaba en José Taronjí y su familia)—. Y a Manuel le tenía en un convento, viviendo y estudiando. Todo pagado, todo. Bueno, no sé ni cómo tienen cara para salir casa. Y aún, mi padre, jugándose el pellejo por culpa de gente así. Mi padre luchando en el frente contra esa gentuza... Y yo aquí, tan solo.

Dijo estas últimas palabras de prisa, casi en voz baja. Era la primera vez que le oía aquella frase: *tan solo.* Fue extraño. Claro que no nos veíamos las caras, apenas las manos, por culpa de la linterna. Y era así, en la penumbra o en la oscuridad —como cuando saltábamos a la logia por las noches, en pijama, para seguir una partida interrumpida o para hablar y hablar—, cuando él descomponía un tanto su aire perdonavidas y orgulloso. Me pareció que era verdad, que estaba muy solo, que yo también lo estaba y que, tal vez, si no hubiera sido por aquella soledad, nunca hubiéramos sido amigos. No sé qué diablo me picaba a veces —como cuando estaba en Nuestra Señora de los Ángeles—, que si algo me arañaba por dentro me empujaba a la maldad. Sentí ganas de mortificarle:

—No te quejes, tienes a Lauro el Chino.

No me contestó y sacó los cigarrillos. En la oscuridad brilló la llamita de la cerilla.

—Dame uno —pedí a mi pesar, pues siempre me los regateaba.

Sin embargo, me lo dio. Era un tabaco negro amargo, que compraba en el Café de Es Mariné.

—De los otros.

Con sorpresa vi que rebuscaba en la caja y me dio uno de los codiciados Muratis de la tía Emilia. Fumamos en silencio, hasta que dijo:

—¿Tú crees que es malo?
—¿El que?
—El dejarle la barca.
Lo pensé un momento:
—A la abuela no le gustaría. Ni a Lauro.
—¡Bah, Lauro!
—Siempre dice que los odia. Siempre viene con las historias de sus crímenes, y todo eso.
—Eso dice, pero no lo creo. ¿Sabes? es como ellos. Igual. Igual que ellos. Está lleno de envidia... Yo sí les odio. Les odio de verdad.
Me di cuenta de que su voz temblaba ligeramente, como si estuviera asustado de algo. Aplastó su colilla contra el borde de la barca.
—Vámonos. Ése no vuelve... es muy tarde.
—¿No vamos a esperarle un poco más? Ahora será peor subir ahí.
—Seguiremos las rocas de la costa... ¡Es un cerdo, ése! Ven, date prisa. Lauro estará medio muerto, escondiéndose de la abuela.
Dijo esto con una risita demasiado chillona. Y añadió, como para él:
—¡Me las pagará ese chueta!
Guardó todas las cosas en el impermeable viejo, y prendió de nuevo la llave de la caja a la cadena de su medalla. (Teníamos medallas gemelas, de oro, redondas y con la fecha del día de nuestro nacimiento, regalo de la abuela. La suya representaba a la Virgen María, la mía a Jesús. No nos la quitábamos jamás del cuello, ni para dormir. «Es igual que la mía —dijo él, el primer día que las vimos el uno en el otro—. Con otro Santo...» Estuvimos mirándolas, la mía en su mano, la suya en la mía. Era como si de verdad, por un momento, fuéramos hermanos.)
Borja cogió una vara del suelo y golpeó con rabia los juncos. Se oía el galope seco, el ruido del mar, las olas estrellándose en el acantilado. Me ayudó a tre-

par a las rocas, y me arañé las piernas y los brazos. Pero con Borja era inútil quejarse. Insinué:

—Será más largo por aquí...

—Si quieres, vete —contestó, de mal humor.

Pero él sabía que yo no tenía más remedio que seguirle. Me pregunté por qué razón nos dominaba a todos: hasta a los mismos de Guiem, que siempre aceptaban sus treguas. El cielo aparecía poblado de estrellas grandes, y nacía una luz violeta. Lentamente, del mar, subía un resplandor verdoso. De cuando en cuando, Borja me daba la mano. En un punto en que las rocas estaban mojadas, Borja resbaló. Le oí una maldición.

—Si supiera la abuela que hablas así —dije—. Ni siquiera puede imaginárselo.

—La abuela no se imagina nada —contestó, misteriosamente.

Se paró y se volvió hacia mí. Me enfocó la cara con la linterna y volvió a reírse de aquella forma casi femenina que tanto me irritaba. Dijo:

—Bueno, estoy pensando una cosa: ¿qué va a ser de ti? ¡A los catorce años, fumando y bebiendo como un carretero, y andando por ahí, siempre con chicos! Tampoco lo sabe la abuela, ¿verdad?

Procuré sonreír lo más parecido a él:

—Así es, así es.

Busqué algo con que pudiera sorprenderle, y súbitamente se me ocurrió.

—También mi padre se juega la vida por culpa *vuestra*.

A su pesar, se quedó cortado. Bajó la luz, y, deslumbrada, distinguí su silueta oscura, rodeada de una aureola.

—Ah, bien, bien. ¡Conque estás con *ellos*!

No contesté. Nunca me lo había preguntado. La verdad es que yo misma estaba sorprendida de lo que dije. Algo había que me impedía obrar, pensar por mí misma. Obedecer a Borja, desobedecer a la abuela:

ésa era mi única preocupación, por entonces. Y las confusas preguntas de siempre, que nadie satisfacía. Sin saber por qué, volvían de nuevo a mi recuerdo las sombras de los hierros forjados y las hormigas en la pared. En lo que me rodeaba había algo de prisión, de honda tristeza. Y todo se aglutinaba en aquella sensación de mi primera noche en la isla: alguien me preparaba una mala partida, para tiempo impreciso, que no sabía aún. A mi izquierda las rocas se alzaban, negras, hacia la vertiente de las montañas y los bosques. Abajo brillaba el mar. Volví a sentir, como tantas otras veces, un raro miedo. No podían dejarme así, en medio de la tierra, tan despojada e ignorante. No podía ser.

—Evidente —dije.

(Era una palabra que oía mucho a Lauro el Chino, cuando hablaba con la abuela.) Borja trazó un círculo de luz. Luego me pasó la mano por la cara, con un gesto irritante. Sentí el roce de su mano en la mejilla y en la frente. Sabía que lo hizo así con Guiem, para humillarle, cierta vez en que pelearon y pudo atraparlo contra el muro.

Le insulté con una palabra cuyo significado desconocía. Su mano se detuvo en seco.

—Tu papá te enseñaría estas cosas, ¿verdad?

Sentí deseos de mentir. De inventar historias e historias malvadas de mi padre (tan desconocido, tan ignorado; ni siquiera sabía si luchaba en el frente, si colaboraba con los enemigos, o si huyó al extranjero). Tenía que inventarme un padre, como un arma, contra algo o alguien. Sí, lo sabía. Y comprendí de pronto que lo estuve inventando sin saberlo durante noches y noches, días y días. Sonreí con suficiencia:

—¡Qué sabrás tú! Te crees muy listo, y... ¡Bah, si supieras la pena que me das! Eres muy inocente. ¡Lo que yo te podría contar!

Me iba acostumbrando otra vez a la oscuridad, y vi

el brillo de los ojos de Borja. Me cogió por un brazo y me zarandeó.

En aquel momento no le odiaba, ni sentía por él el menor rencor. Pero una vez lanzada me era muy difícil detener la lengua. Dije:

—Eres un infeliz.

—Infeliz y todo —contestó— tú me obedeces. Y pobre, pobre de ti, como no lo hagas.

Acercó su rostro al mío. Noté que se empinaba sobre las puntas de los pies, porque si algo había que le mortificara era mi estatura. Demasiado alta para mi edad, le rebasaba a él y a todos los muchachos de ambos bandos. (Creo que esto no me lo perdonó nunca.)

—¿Qué hace Lauro el Chino? —dijo burlonamente—. ¿Qué hace conmigo mi profesor y preceptor?

—Te vales de cosas feas como la del pobre Lauro... ¡Le tienes cogido!

—¿Tú qué sabes de esa historia?

Procuré reír con aire de misterio, como hacía él a menudo, porque realmente no sabía nada. Y fanfarroneé:

—Me iré pronto de aquí. Más pronto de lo que os imagináis todos.

A su pesar, estaba intrigado.

—¿Cuándo?

—No te lo pienso decir. Hay muchas cosas que tú no sabes.

—¡Bah!

Se volvió de espaldas y echó a andar de nuevo, fingiendo desinteresarse de mis palabras. La luz amarilla de la linterna lamía despaciosamente los hoyos y las quebraduras de la roca. Con gran cuidado seguía la silueta de sus tobillos finos y de sus pies, para poner los míos en el mismo sitio.

Cuando llegamos al fondo del declive era ya de noche. Bajamos de un salto al embarcadero, y Borja se apresuró a iluminarlo con su linterna. Atada, en su lugar, estaba la *Leontina*.

—La ha traído... ¡Mírala, Borja, ahí está!

—¿Por qué no la llevó a Santa Catalina, como le mandé?

Y dando media vuelta subió precipitadamente las escalerillas.

El declive tenía algo solemne en la noche. Las piedras de los muros de contención blanqueaban como hileras de siniestras cabezas en acecho. Había algo humano en los troncos de los olivos, y los almendros, a punto de ser vareados, proyectaban una sombra plena. Más allá de los árboles, se adivinaba el resplandor de los habitáculos de los colonos. Al final del declive la silueta de la casa de la abuela era una sombra más densa. El cielo tenía un tinte verdoso y malva.

Se oía el ruido del agua contra los costados de la *Leontina*. Apenas trepamos unos metros, Borja enfocó hacia el primer olivo. Sentado, amarillo bajo el foco de la luz, esperaba pacientemente el Chino.

—¡Ah! —dijo mi primo—. ¡Está usted ahí!

Cuando se le descubría de improviso, había en el Chino algo oscuro y concentrado que atemorizaba.

—Diremos a su señora abuela que estuvimos paseando... Era una hermosa tarde para dar clase al aire libre. ¿Están conformes?

Borja se encogió de hombros. Subimos en silencio, y miré con un vago temor hacia la derecha del declive, donde el huerto de Manuel y el bloque blanco de su casa rodeada de un muro bajo. Manuel Taronjí, Sa Malene, los pequeños María y Bartolomé. Estaría el muerto con ellos... Me estremecí, y me paré entre los árboles. Habíamos entrado en la zona de los almendros. Un olor penetrante subía de la tierra, y allá lejos, a la derecha, como una estrella opaca, brillaba la luz de un candil o de un farol. «La casa de Manuel», me repetí.

—Vamos, deprisa, por favor —insistió el Chino, con voz ahogada.

Las ventanas de las casas de los colonos estaban encendidas, y seguramente la abuela espiaría desde su gabinete con sus gemelos de teatro. Sentí una sorda irritación contra ella. Allí estaría, como un dios panzudo y descascarillado, como un enorme y glotón muñecazo, moviendo los hilos de sus marionetas. Desde su gabinete, las casitas de los colonos con sus luces amarillas, con sus mujeres cocinando y sus niños gritones, eran como un teatro diminuto. Ella los envolvía en su mirada dura y gris, impávida. Sus ojos, como largos tentáculos, entraban en las casas y lamían, barrían, dentro de las habitaciones, debajo de las camas y las mesas. Eran unos ojos que adivinaban, que levantaban los techos blancos y azotaban cosas: intimidad, sueño, fatiga.

Llegamos al nivel de las casas de los colonos. A través de una puerta con la cortina medio descorrida se filtraba la luz, y me dije: «Éstos lo saben todo lo de José Taronjí». Había algo que flotaba en el calor, en los mosquitos brillantes, hasta en el estrépito de un cacharro que se rompió en la casa sin que le siguiera ninguna voz malhumorada, en el chorro de agua cayendo contra la tierra. Todos los ruidos me afirmaban en la misma idea, «Lo saben, lo saben lo de José Taronjí». Miré otra vez hacia la derecha. Desde aquella altura ya no se distinguía la lucecilla de la casa de Malene, a quien recordé vivamente, en un momento. Es decir, más que a ella misma, a su cabello. (Un día, junto al muro de su casa, mientras ella sacaba agua del pozo, la contemplé de espaldas, inclinada. El cabello se le había soltado. Era una mata de cabello espeso, de un rojo intenso, llameante; un rojo que podía quemar, si se tocase. Más fuerte, más encendido que el de su hijo Manuel. Era un hermoso cabello liso, cegador bajo el sol.)

4

Algo había ocurrido. La abuela no estaba sentada en su mecedora del gabinete, junto a la ventana abierta, y la mecedora, al impulso de la brisa, se balanceaba blandamente.

Todos estaban abajo, en la sala grande, junto a la logia. Cuando entramos, la abuela nos miró a los tres con dureza: primero a Lauro el Chino, luego a Borja, por último a mí.

—¿Dónde estuvieron ustedes hasta tan tarde? ¿Cómo no dijeron que salían de casa?

Antes de que el Chino pudiera contestar, ella solía reprenderle de una manera fría, sin mirarle a la cara, como si se dirigiera a otra persona. Dijo que no debíamos llegar a horas tan avanzadas, ni salir de la casa sin su permiso. El Chino escuchaba y asentía con la cabeza débilmente. Junto a la puerta, Antonia permanecía quieta, inexpresiva, con los ojos fijos y los labios apretados. Llevaba delantal negro, de raso, en anchos pliegues, y un cuello de encajes que se hacía ella misma. Imaginaba su corazón golpeando fuerte bajo el vestido negro, cada vez que la abuela reprendía a su hijo, pero estaba tan quieta e impávida que parecía no oír nada, ni ver la cabeza inclinada de Lauro. Mi abuela, sentada en su sillón, hablando con dureza, masticaba una de sus innumerables grageas medicinales. El escote de su vestido enmarcaba pliegues y frunces en torno a su garganta, ceñida por una cinta de terciopelo. Desbordando la cinta, en su cuello se formaban también pliegues y frunces hacia la barbilla. Parecía hecha con un apretado nudo alrededor del cuello: de un lado la cabeza, de otro el cuerpo, como dos bolsas; de una materia la cabeza, de otra el tronco. Tenía aún en la mano uno de sus frasquitos de color ambarino, de donde tomó la pastilla. A su lado, majestuoso como siempre, se sentaba Mosén Mayol, el párroco de la Colegiata. Mosén Mayol jugueteaba distraídamente con una copa de cristal azulado con iniciales opacas, como de luz de lluvia, hermosamente perlada. Las noches transparentes bebía licor de naranja, lúcido como agua, y Pernod los días nublosos, porque decía que las bebidas tenían gran relación con la atmósfera o el color del cielo. (Amontillado para el gran sol, prístinos o melancólicos licores al atardecer.) Cuando lo decía, yo notaba violentos perfumes en el paladar y casi un ligero mareo. Encima de mi abuela y de Mosén Mayol, en su gran cuadro, estaba el abuelo, con su uniforme de algo importante —nunca lo supe de fijo, aunque supongo me fue repetido muchas veces— y la banda azul o encarnada (no recuerdo exactamente). Sobre la mesita, en su marco de plata, la fotografía de tío Álvaro. Se parecía a Borja, a pesar de su dura fealdad. (Ellos: el abuelo y tío Álvaro, estaban en la sala casi físicamente: no se podía prescindir de sus ojos, de sus mandíbulas —ancha y fofa, una; aguda y cruel la otra—, siempre que nos reuníamos en aquella estancia. Participaban de nuestras reuniones siempre, se diría, el rostro del padre de Borja, largo, enjuto, con su gran boina de carlista y la cicatriz en la comisura derecha, y todos los demás retratitos de ex príncipes, aspirantes a reyes o ex infantes, dedicados al tío Álvaro.) La tía Emilia, sentada un poco aparte, cerca de la logia, levantaba con una mano la cortina. Afuera, estaba oscuro. Sólo en el jardín brillaban las lucecillas de las luciérnagas. La tía Emilia estaba siempre así: como esperando algo. Como acechando. Como si estuviera empapada de alguna sustancia misteriosa y desconocida. «Como un gran bizcocho borracho —pensé, en alguna ocasión— que parece vacuo e inocente, y sin embargo, está empapado de vino.» La tía Emilia hablaba muy poco. Borja decía a veces: «Mamá está triste, está preocupada por papá». Ella y su marido eran para mí, entonces, como un misterio que no podía comprender. Excepto tocar malamente en el piano, casi siempre las mismas piezas, nunca la vi hacer nada. Ni siquiera leía los periódicos y revistas de que se rodeaba amontonadamente: los ojeaba, distraída, y bien se notaba, si permanecía rato y rato con los ojos sobre una fotografía, que su pensamiento estaba lejos. Tenía los ojillos azules, con la córnea rosada, y no cesaba de espiar por las ventanas o de mirar hacia el patio por el hueco de la escalera. En alguna ocasión, yo pensé: «No está triste». A veces iba a la ciudad por la mañana y volvía por la noche. Solía traerme algún regalo, y recuerdo que en uno de estos viajes me compró unos pijamas de seda, muy bonitos, gracias a los cuales pude desterrar los horribles camisones del Colegio. Trataba a la abuela con la misma suavidad que Borja. Se hacía raro pensar que amaba al tío Álvaro. Él parecía estar allí, en su fotografía, con las condecoraciones, pero sabíamos que estaba en el frente, «Matando enemigos y fusilando soldados, si se desmandan». (Borja lo decía: «Mi padre es coronel y puede mandar fusilar a quien le parezca».) Pero era como un muerto, realmente. Tan muerto como el mismo abuelo. Desde hacía dos meses apenas sabíamos de él: telegramas, vagas noticias, sólo.

Mosén Mayol abrió el periódico y señaló los titulares. Se acababa de conquistar otra ciudad. Lauro el Chino se ruborizó:

—Ha caído... ha caído... —dijo.

Empezaron a hablar todos a un tiempo. La abuela sonreía, enseñando los dientes caninos, cosa poco frecuente, ya que cuando sonreía, de tarde en tarde, solía hacerlo con la boca cerrada. Así, con el labio encogido entre los afilados dientes, tenía el mismo aire de Borja, en su segunda vida, muros afuera de la casa. «Acaso también la abuela esconda otra vida, lejos de nosotros.» Pero no me la imaginaba compadreando canallamente con los del pueblo.

De afuera llegó algo como un rumor, bajo y caluroso, y se alzó la cortina. Sobre la mesita, los periódicos adquirieron vida súbita, volaron sus extrañas alas y se debatieron bajo la mano del párroco, que cayó plana y pesada sobre ellos.

—Viento —dijo la abuela—. ¡Se levanta el viento otra vez! Me lo temía.

La abuela conocía el cielo, y casi siempre adivinaba sus signos. A la tía Emilia le fue la cortina hacia la cara, y las dos lucharon torpemente. La cortina parecía algo vivo, y se enzarzaron en una singular batalla. Borja corrió a su lado, y la libró del engorro. Estaba muy pálida y sus labios temblaban. Miré al jardín. Allá abajo corrían dos papeles arrugados, persiguiéndose como animales. La abuela seguía hablando, a mi espalda:

—Mañana, a las once, Mosén Mayol oficiará un Te Deum. Todos en esta casa acudiremos a Santa María a dar gracias a Dios por esta victoria de nuestras tropas...

La lámpara empezó a oscilar, y la abuela dijo:

—Cerrad ese balcón.

Lauro el Chino se acercó al balcón. Su perfil amarillento se alzaba hacia el cielo, más allá de los arcos de la logia. Luego, extendió los brazos en cruz hacia los batientes. La tía Emilia fue a sentarse junto al vicario.

Borja me ofreció una silla y se quedó a mi lado, en pie, como un soldadito. Su pelo aún estaba húmedo, recién peinado. Quieto, erguido y fino, mirando hacia la abuela con sus enormes ojos verdepálido. El bastoncillo de bambú resbaló y cayó al suelo. Borja se precipitó a recogerlo. La luz brillo en el puño y su reflejo recorrió la pared, raudo, como un insecto de oro.

Antonia abrió de par en par las puertas del comedor. La cena estaba ya servida. Nos acompañaban el médico —que era viudo—, el párroco, el vicario y Juan Antonio. Juan Antonio era algo mayor que nosotros, pero nadie lo hubiera dicho por su estatura. Muy delgado y de piel verdosa, tenía los ojos muy juntos. Sobre su labio negreaba una repugnante pelusa, y sus manos, chatas y gordezuelas, estaban siempre húmedas. Se confesaba tres o cuatro veces por semana, y luego meditaba largo rato con la cabeza entre las manos, cara al altar. (Un día le vi llorar en la iglesia. Borja me dijo: «Cuando le da así es que ha pecado mucho: Ése es un gran pecador». Y aclaró luego: «Peca mucho contra el sexto mandamiento, ¿sabes? Es muy deshonesto y seguramente se condenará. Va y se confiesa, pero él sabe muy bien que volverá a pecar, porque no tiene más remedio. El demonio le tiene bien atrapado». «¿Cómo sabes tú todo eso?», le dije. «Hablamos a veces... Pero yo —aclaró— estoy a salvo de todas esas cosas.» Se puso a reír con malicia, y yo también reí, procurando entrecerrar los ojos como él.) Y allí estaba Juan Antonio, serio y taciturno, como siempre acechado por su Amigo-Enemigo el Diablo. Era glotón y comía muy mal. Se manchaba el borde de los labios y daba náuseas mirar hacia él, pero no se podía dejar de mirar. Y era el compañero y mejor amigo de Borja. Porque Borja decía que era muy inteligente, más que Carlos y Salvador, los hijos del administrador.

A causa del viento, cerraron las ventanas y hacía mucho calor. La frente de Mosén Mayol aparecía rodeada de gotitas brillantes, como una corona. El párroco era alto y muy hermoso. Tendría unos cincuenta años, el pelo blanco y grandes ojos pardos. El Chino se ruborizaba cada vez que le dirigía la palabra. Mosén Mayol se llevaba la servilleta a los labios con mucha delicadeza, y daba en ellos un golpecito suave. Mossen Mayol poseía un gran sentido de la dignidad, y a mí me parecía el hombre más guapo y elegante que vi jamás. «Es muy hermoso —decía la abuela—. Oficia con la dignidad y majestad de un Príncipe. ¡Nada hay comparable a la Liturgia Católica!» Y al decirlo parecía augurarle un futuro de grandes posibilidades: cuando menos un cardenalato. Mosén Mayol vestía hábitos de tela gruesa, que descendían en pliegues generosos y producían, al andar, un frufrú inconfundible. No era hijo de la isla, y caminaba con lentitud y cierto abandono. Todos decían que era un hombre muy culto. Cuando venía a comer —lo que sucedía con frecuencia— se paseaba después largo rato por la logia, leyendo su breviario, con Borja a su lado, quisiéralo o no. A mí, casi nunca me dirigía la palabra, pero a menudo sentí la desaprobadora mirada de sus ojos dorados, fríos y relucientes como dos monedas. En las contadas ocasiones en que me dijo algo, lo hizo a través de la abuela o de Borja. Sentía un gran respeto en su presencia, casi temor, y creo que nunca le vi sonreír. La abuela decía que era un gran amante de la música, y la tía Emilia hablaba con él, a veces, de raras y antiguas partituras y otras cosas así, que nosotros no comprendíamos. Casi llegué a compadecer a Mosén Mayol las veces que la madre de Borja se decidió a aporrear el piano en su presencia. Bien se adivinaba entonces una luz de martirio en su mirada. Mosén

Mayol tenía la voz muy bien timbrada, y su fuerte, según decía el Chino, era el canto gregoriano: «Oírle es asomarse a las puertas de la Gloria».

Aquella noche paró el viento, y cuando me asomé al declive, a punto ya de meterme en la cama, subía de la tierra un fuerte olor. Abajo el mar relucía. De pronto una luz lechosa salió de tras las nubes, y vi acercarse hacia nosotros una cortina de lluvia.

Llovió toda la noche, hasta el amanecer.

5

Cuando desperté, aún sin abrir los ojos, noté que no estaba sola. Sentía un roce, un murmullo como de alas. Lentamente abrí los párpados, con la cabeza vuelta hacia la pared, inundada de un resplandor amarillo. El sol entraba a franjas por aquellas persianas que me angustiaban, porque no se podían cerrar. (La primera mañana que desperté en aquella habitación, al entrar la luz perlada del alba por las rendijas, me levanté, fui a cerrarlas, y no pude; sentí un gran ahogo, y, desde entonces, me costó mucho acostumbrarme al amanecer.)

Antonia estaba junto a la ventana, con el periquito Gondoliero, dándole mijo de su mano. Me volví despacio a mirarla. Ella me miró también, en silencio, y me incorporé. Me vi en el espejo del armario, partida por la blancura de las sábanas, con el cabello suelto y el sol arrancándole un rojo resplandor. Antonia dijo:

—Vamos, niña, es tarde...

Me eché hacia atrás. Añadió:

—Antes miraba cómo dormías, y me acordaba de tu madre.

Me molestaba que alguien me viera dormir, como si fuera a descubrir mis sueños estando prendida en ellos, tan terriblemente indefensa. Me irritó oírle decir:

—No te pareces a tu madre, pero cuando duermes sí. Cuando duermes, Matia, creo estar viéndola.

Gondoliero empezó a musitar cosas, con vocecilla curruscante, y Antonia le pasaba el dedo, con inmensa delicadeza, por la cabecita rayada.

—Estás delgada, niña, tengo miedo de que estés enferma.

—¡No lo estoy!

—Pero te he oído gritar —seguía, machacona, con su voz baja y humilde—. Has estado gritando...

—Bueno, ¿y qué? Siempre he gritado por la noche, Mauricia ya lo sabía, y no hacía caso.

Gondoliero huyó de su mano, dio dos vueltas en un vuelo bajo, torpe, y se posó sobre el dosel de la cama. Parecía una flor viva y angustiosa. Levanté un brazo, para alejarlo de allí, y también mi brazo brilló, atravesado por una faja de sol. En la habitación, que fue antes de mi madre, todos los muebles eran de caoba rojiza, muy brillante, con un resplandor como de cerezo.

—¿Sabes? —continuó ella—. Tu madre también gritaba.

«Mi madre, siempre ese cuento. ¡Mi madre era una desconocida! ¿A qué vienen siempre a hablarme de ella?» Salté al suelo, y extendí los pies al sol que manchaba el entarimado. Estaba caliente.

Oí cómo se abría la puerta suavemente, y entró tía Emilia.

—Date prisa, Matia —dijo.

Fue hacia el espejo, y Antonia empezó a recoger mis vestidos, esparcidos por el suelo. Pero yo sabía que escuchaba atentamente: casi se advertía en su oreja, como un caracol de cera, mientras tía Emilia se miraba al espejo, pasándose las manos por las mejillas, como si buscara ávidamente sus primeras arrugas. Entonces me parecía una mujer madura, pero debía tener, a lo sumo, treinta y cinco años. Su cabello era rubio, liso y muy brillante. Tenía las caderas anchas, como las mandíbulas. No era bonita pero sí muy suave, y solía estar distraída o ensimismada, como si siempre se preguntase alguna cosa que la mantenía en su continuo asombro.

El Santo desfallecía en la hornacina, entre nardos y lirios de cera, los ojos de cristal implorante. Las velas, medio derretidas, se retorcían en los pequeños candelabros, y una araña se deslizó, parda y cautelosa, pared arriba.

—Date prisa —repitió, distraída—. La abuela te regañaría si supiese que aún estás en la cama.

Salió de la habitación. Siempre hacía cosas así: entraba, salía, hablaba sin mirar a la cara, con aire de sonámbula. «Es como un fantasma.»

Antonia entró en la pieza contigua, que era el cuarto de baño. Nunca vi un cuarto de baño como el de la casa de la abuela: una grande y destartalada sala con extraños muebles de madera oscura y de mármol. El enorme lavabo, con su gran espejo inclinado, donde me retrataba en declive, como en un raro sueño, mirándome yo misma de arriba abajo, más parecía un armario ropero. Tenía estantes de cristal verdoso, cubiertos de botellas y frascos vacíos. Un ruido lúgubre barboteaba en las deficientes cañerías de agua, tibia en verano, helada en invierno. El mármol rojizo del lavabo, veteado de venas sangrientas, y el negro de la madera con entrelazados dragones de talla que me llenaban de estupor, es uno de los recuerdos más vivos de aquel tiempo. Los primeros días de mi estancia pasaba mucho rato en aquel extraño cuarto de aseo —como siempre le llamaba Antonia—, pasando el dedo por entre los resquicios de maderas y mármoles horriblemente combinados, en los que siempre había polvo. La bañera era vieja y desportillada, con patas de león barnizadas de blanco amarillento, y tenía grandes lacras negras, como estigmas de una mala raza. En las paredes resaltaban manchas de herrumbre y humedad formando raros continentes, lágrimas de vejez y abandono. El agua verdaderamente caliente tenía que subirla Antonia en jarras de porcelana, desde la cocina. Oí cómo trajinaba y la imaginé, como siempre, entre nubes de vapor que empañaban el espejo y le daban un aire aún más irreal y misterioso. «Alicia en el mundo del espejo», pensé, más de una vez, contemplándome en él, desnuda y desolada, con un gran deseo de atravesar su superficie, que parecía gelatinosa. Tristísima imagen aquélla –la mía–, de ojos asustados, que era, tal vez, la imagen misma de la soledad.

Antonia volvió arrebolada, con Gondoliero, desesperadamente azul, sobre su hombro derecho.

Sentada al borde de la cama, balanceé las piernas. La cama alta, como colgada del techo, me producía vértigo. En la hora del duermevela la imaginaba como una barca flotando en un mar de niebla, en ruta hacia algún lugar al que no deseaba ir. Llevaba aún el camisón áspero, blanco, del Colegio de Nuestra Señora de los Ángeles, con sus números bordados en rojo sobre el hombro derecho: 354, 3° A. Parecía un piso. Las sombras de Antonia y Gondoliero entraron en la zona de la pared.

–¿A dónde vais Borja y tú? –dijo Antonia, mirando mis piernas quemadas por el sol y llenas de arañazos, con un esparadrapo en la rodilla derecha.

–Por ahí –contesté, bostezando.

Se acercó, hundió sus manos en mi cabello y empezó a pasarlo entre sus dedos, como si fuera un chorro de agua.

–Ni un rizo, ni una honda... –comentó.

Gondoliero se posó sobre la colcha y luego correteó por el dosel. Antonia puso sus manos sobre mis hombros:

—¡Qué delgada! Estás enferma, pobre niña. Deberían cuidarte. Sí, sí, Dios mío, deberían cuidarte.

¿Quiénes, pensé, eran los misteriosos personajes que deberían cuidarme? No se debía referir a la abuela, con seguridad.

—¡No estoy enferma! ¡Qué pesada!

A las diez y media salimos hacia Santa María. El sol brillaba fieramente y el jardín apenas estaba mojado. Sólo una charca, en la que picoteaban unos pájaros, denunciaba la tormenta de la noche. La abuela señalaba con su bastón los arbustos y las flores, comentándolos con tía Emilia. Llevaban las dos mantillas de blonda, y la abuela el collar de perlas de dos vueltas. La tía Emilia vestía un traje chaqueta, de brillante seda negra, que acentuaba la anchura de sus caderas. La abuela, mirando a Borja, dijo:

—Es lástima que los muchachos crezcan. A esta edad no se visten ni de hombres ni de niños. ¡Nada se puede comparar a las marineras! ¿Verdad, Emilia? ¿Te acuerdas de Borja, qué encanto con su marinerita blanca? ¡Parece que fue ayer!

Sonreí de reojo a Borja, y él dedicó a su abuela una de sus miradas más dulces, mientras decía entre dientes: «Tú, dentro de tu corsé atrapada como una ballena».

El jardín estaba muy descuidado, y la abuela se lamentaba de ello.

—Pero —dijo— corren malos tiempos para ocuparse de estas cosas. Vivimos días de recogimiento y austeridad.

La verja estaba abierta y Es Ton, con el sombrero de paja en la mano, nos miraba. Tenía un ojo tapado por una nube y la faltaban dos dientes. Mirándole me acordé: «Ella me defendería, ella me defendería». La abuela pasó solemnemente ante él, haciendo crujir el suelo. Tenía los pies inverosímilmente pequeños pero sus huellas se marcaban en la tierra, aún blanda por la lluvia. El sol hacía brillar las hojas de la higuera.

Me acerqué hacia ella, despacio, fijos los ojos en su copa. (Sí, allí estaba el gallo, quieto y blanco.) La higuera aún húmeda, con racimos diminutos de gotas, brillaba en el envés de sus hojas más escondidas. Sentí sobre mí la sombra amarilla de la casa. En aquel momento la sombra de oro entraba en la higuera y la conservaba fresca. Y allí estaba el misterioso gallo escapado de Son Major, blanco y reluciente. Sus ojos coléricos, levantados sobre las ramas, nos miraban desafiadoramente. La abuela llamó:

—¡Matia! ¡Matia!

Me volví despacio. Me envolvía una sensación rara de deslumbramiento, de miedo. La abuela se volvía hacia mí, como una mole redonda y negra, como una piedra a punto de rodar.

—¡Matia! ¡Matia!

Siguió llamando, o a mí me lo parecía: no podía saberlo. El sol, muy cerca de mí, levantaba un fuego extraño del árbol, de las hojas, de las redondas pupilas del gallo. Alcé los ojos y el cielo no era rojo, como parecía, sino, más bien como un techo de hojalata mojado por la lluvia.

—¡Matia!

La abuela me miraba con sus ojos bordeados de humo, bajo la onda blanca que resplandecía al sol. (Antonia decía: «Qué hermoso cabello tiene la señora».) En aquel momento, Antonia (con su velo casi tapándole los ojos y la peca, como una araña, encima del labio) decía:

—No se encuentra bien. Ya la vi pálida anoche. No está bien esta niña.

El Chino se me acercó. En los cristales verdes de sus gafas el sol se hacía pequeño:

—Señorita Matia, se lo ruego. Su señora abuela le aguarda. El Te Deum está anunciado para las once.

Entonces volví a verlos, en grupo ante la verja, esperándome. Miré a la izquierda, hacia el principio del pueblo y las primeras casas de la plaza. La cúpula de mosaicos verdes de Santa María relucía al sol, como dorada. Era un verde flamígero, cruel en la mañana. Como un grito.

—Ese gallo de Son Major siempre viene aquí —dije. Y empecé a andar hacia ellos.

—Cierto —asintió el Chino—. Siempre viene aquí a ese árbol.

—Es muy misterioso —dijo la abuela.

Cruzamos la verja, y Ton, con su ojo blanco, me miraba con fijeza, cruelmente.

—La niña —iba diciéndole tía Emilia a la abuela—, pobrecita, está enferma. Hemos de vigilarla...

—Ah, sí —la abuela levantó de pronto las dos manos y sostuvo un momento la mantilla sobre su onda blanca—. A estos pobres niños no les ha tocado vivir una buena época... ¡Aruinados y en guerra! ¡Dios mío, Dios todopoderoso, qué congoja!

La campana de Santa María se lanzó, como un alud de gritos sobre el pueblo, sobresaltadamente. Como trizadas palabras, como mil lamentos esparcidos al aire, o destempladas quejas. (Despertaban el silencio, sólo hollado por las botas negras de los Taronjí.)

Pasamos por el barrio artesano, detrás de la plaza. Estaba silencioso, y en sus piedras pulidas Borja resbaló.

—Cuidado, ángel mío —dijo la abuela.

El Chino tomó a mi primo por el codo.

No era domingo pero había algo que lo parecía. La fragua estaba silenciosa. El portal del zapatero y la tienda de los Taronjí, tenían los maderos puestos en su ventana-escaparate. Delante de nosotros, una mujer de negro, echándose el velo sobre la cabeza, corría como si deseara atrapar las últimas notas de las campanas. Al final de la calle se abría la plazuela de la iglesia, con su fuente central en la que bebían los cerdos y a la que trepaban los niños para salpicar con la mano a las mujeres, en la que se posaban las palomas de mi abuela, recorriendo el pueblo, hacia Son Major, como relámpagos azules. Detrás de la fuente se alzaba Santa María, grande y dorada. Las puertas del templo estaban abiertas, y por las gradas de piedra subían los últimos fieles. De pronto calló la campana y hubo un estallido de silencio. Entre la tía Emilia y el Chino ayudaron a subir las gradas a la abuela, cogiéndola cada uno de un brazo, como si levantaran una gran tinaja por las asas, con infinito cuidado, para que no se derramara el aceite. (Y eso era la abuela: como una rica sustancia que todos apreciaran, aunque la tinaja fuera vieja y basta.)

A la puerta del templo varios hombres se descubrieron y algunas mujeres inclinaron la cabeza. Borja y yo, cogidos de la mano, les seguíamos. La tía Emilia llevaba la media derecha con la costura torcida.

Sobre el arco de la gran puerta dorada, que estaba abierta, había escudos de piedra y las cabezas de los cuatro evangelistas. Por encima de la cúpula de mosaicos verdes, arrancándoles un llamear dañino, estaba el sol, rojo y feroz en medio del cielo pálido. Y me dije: «Casi nunca es azul el cielo». Una cruel sensación de violencia, un irritado fuego ardía allá arriba: todo invadido, empapado, en aquella luz negra. En los batientes de la puerta relucían racimos de hierro. Dentro, la humedad negroverdosa, como de pozo, se pegaba al cuerpo. En el enorme paladar de Santa María había algo como un solemne batir de alas. Y me dije si acaso en la oscuridad de los rincones anidarían murciélagos, si habría ratas huyendo o persiguiéndose entre el oro de los retablos. También la casa de la abuela era sombría y sucia. (Se quejaba Antonia de que era demasiado grande para sólo dos mujeres y únicamente limpiaban las habitaciones habitadas.) Había telarañas y polvo en las porcelanas, la plata y la vajilla que regaló el rey al bisabuelo, cuando se casó. Y en la vitrina, en las resplandecientes estatuillas de jade, y arriba, en el enorme y misterioso cuarto de baño (con su espejo inclinado y nuboso, como la puerta de un complicado mundo, y su ruido de cañerías que siempre reventaban en invierno), y abajo, en el huerto, con las hormigas; y en la casa toda con sus goteras y el viento, allí, en los rincones de la nave, había el mismo viento mojado. Y en la casa de la abuela igual mezcla de olores: madera, verdín, sal. Y las flores. (En la escalerilla de piedra, donde yo solía sentarme, cuando Borja no me quería llevar con ellos, tras la pared amarilla de la casa cubierta de espesas madreselvas, se abrían los gladiolos rojos.) Dentro de Santa María, las fascinantes vidrieras de colores, estallaban entre la negrura y el moho, altas y resplandecientes en la oscuridad, ávidamente lamidas por el sol. Especialmente aquélla, con su delgado Santo de manos unidas y clavos en los pies. Un rayo de luminoso rojo caía al suelo, como una mancha de sangre. Y un destello del sol, igual que una mariposa de oro, voló de un lado a otro de la bóveda. Mosén Mayol cantaba:

—De-un Lau-da mus: te Dominum confite-mur...

La abuela me zarandeó, discretamente pero sin blandura. Sus dedos se clavaban en mi hombro derecho. Luego me quitó el libro de las manos. Era un grueso misal que me regalaron al ingresar en Nuestra Señora de los Ángeles, con sus cantos de oro, que solía repasar con la yema de los dedos, porque dejaba un polvillo como el de las alas de la mariposas, que yo frotaba contra los párpados y los dientes (pero en los dientes no conseguía adherirlo nunca). Abrió el misal por donde la cinta verde y dijo: «Lee». El sol lucía fuera como un rojo trueno de silencio, mucho más fuerte que cualquier estampido. Levanté los ojos a las vidrieras, sin poder leer. Allí estaba el Santito que se parecía a Borja, con sus rizos como racimos, y el poderoso San Jorge, grande y lleno de oro, sobre el apabullado dragón. El Chino y Borja leían devotamente en sus misales.

—...*Ti-bi Che-ru-bin et Se-ra-phim in-ces-sá-bi-li voce procla-mant: San-ctus San-ctus San-ctus*...

El Chino dijo una vez que la capa pluvial tenía trescientos años. Era blanca, con bordes y flecos de oro, y relucía en la oscuridad (como las alas abiertas y majestuosas del gallo de Son Major, empapadas aún de la tormenta, sobre las hojas aterciopeladas).

Se me durmió la pierna derecha y la froté con el tobillo izquierdo. La abuela me pasó el misal y me miró con dureza. Incliné la cabeza sobre el libro y cerré los ojos. Tenía hambre. Con las prisas no tuve tiempo de desayunar. Me dije que, cuando creciera, haría como tía Emilia, que fumaba lentamente, sentada en la cama, hasta las doce del mediodía, mirando las fotografías y los titulares de los periódicos. Todas las voces se levantaron. El sol reverberaba en los cristales de colores, como si quisiera entrar a través de las vidrieras. Sobre el paladar negro de la nave estaba el sol, y nosotros, pensé, como Jonás, dentro de la ballena, con sus enormes costillas. Imaginé la quemazón verde de la cúpula, como un gran *puzzle* de oro y arco iris:

—...*Te Marty-rum candi-da-tus Laudat ex-er-ci-tus*...

«La guerra —me dije—, ¿qué cosa será, verdaderamente, la guerra?» Estaba todo tan quieto. Y aquél pidiéndonos la barca. Y los Taronjí. Decían que eran primos: el chico se llamaba Manuel Taronjí. Y Malene, con su bonito pelo rojo, suave y largo, al sol. Siempre el sol, allá arriba. Y el tío Álvaro. ¿Y mi padre? ¿Y mi madre? «También gritaba por la noche.» Bueno, ¿y qué? Nunca venían a verme. («Tus padres estaban divorciados, ¿verdad?», me preguntó Juan Antonio, sentados ambos en la escalera de piedra, debajo de las madreselvas. «No es verdad». Pero él se reía con una malicia que yo no entendía del todo. Me puso la mano en la rodilla y empezó a acariciarla.

La falda se levantó un poco, sólo un poco: vi mi rodilla tostada por el sol, redonda y suave –nunca pensé que pudiera ser tan bonita, hasta aquel momento–, y de pronto, no pude resistir su mano sudorosa. Decía: «Tu madre...». No le entendí bien. Estaba obsesionada por su mano, que me repelía como un sapo. ¡Y tenía los labios tan repugnantemente encarnados! Le di un empujón brutal, y fue contra la pared Las flores, a nuestro lado, exhalaban un gran perfume. De abajo llegaba un chorro de luz verde, como si el mar estuviese allí mismo, al volver la esquina de la casa. Pero no era cierto.) Mi madre era una desconocida, sólo una desconocida. Y yo, después de su muerte, tan lejos, en la casa del campo que decía la abuela que se caía a pedazos, viviendo con el aya de mi padre. Llegaban paquetes con juguetes: el Teatro de los Niños y aquel payaso de trapo tan alto como yo; y aquel cuento: «*¿Por qué no tenemos las sirenas un alma inmortal?*» No la tuvo, no la tuvo, y se convirtió en espuma. «*Y cada vez que con sus pies desnudos pisaba la tierra sentía como si se le clavasen cuchillas afiladas y agujas*»...

–*...quos pre-ti-o-so sanguine rede-mis-ti...*

La Joven Sirena quería que la amasen, pero nunca la amó nadie. ¡Pobre sirena! ¿Para eso se tuvo que parecer a los humanos? Pero no era una mujer. Levanté los ojos y busqué alguna plegaria. «Mis amigos...», empecé a decir; y me corté. «¿Qué amigos, Dios de los Ejércitos, qué amigos son ésos?»

(Acaso, sólo deseaba que alguien me amara alguna vez. No lo recuerdo bien.)

6

En casa del alcalde había «refresco». Así le llamaban, por lo menos.

Fuimos al salir de la iglesia. Estaban los dos hermanos Taronjí, aunque el pequeño —el Chino lo dijo— no *tenía propiamente cargo oficial.* Mosén Mayol, el alcalde, su mujer, otros mandones del pueblo y el vicario.

Mosén Mayol y la abuela reinaban, despreciaban y callaban. Llegamos a la casa del alcalde, cortejados por todos ellos, envueltos en sus voces y reverencias. Luego, en el patio, nos reunimos alrededor de una mesa donde brillaba el cristal de las copas. El Chino se mantuvo apartado, con su vaso en la mano, asediado por un par de moscas. Era un horrible vino dulce que nos dejó los labios pegajosos. Borja y yo nos miramos de reojo y él hizo una mueca, doblando los labios hacia abajo. La alcaldesa había puesto una parra en el patio y la abuela la señaló.

—¿Quién pensó eso? —dijo, con una vaga envidia.

Y su dedo indicaba la pérgola donde los diminutos racimos, de un verde muy pálido, casi se confundían con las hojas. Alguien levantó la cabeza y empezó a hablar de cuando madurasen. Borja y yo nos sentamos en el banco, junto al muro de piedra encalada. La abuela hablaba con el alcalde, y por dos veces los Taronjí quisieron dirigirle la palabra. Pero ella fingía no verles.

El Chino seguía aparte, quieto. Al fin, una de las moscas cayó en su vaso. Alrededor de la mesa, la alcaldesa bullía igual que un moscardón zumbante. El sol caía en el patio, como en un pozo. La mesa estaba cubierta por un mantel de hilo blanco, con los dobleces muy marcados, como de estar guardado años sin desplegarse. Y las copas de cristal azul aparecían llenas hasta rebosar también, de aquel sol rabioso, mezclado al resplandor del vino, rojo como la caoba. Debajo del banco, a nuestros pies, se abría paso una hilera de hormigas. Borja las mataba una a una, despacito. La alcaldesa ofrecía una bandeja con pastas. Hablaban de la guerra, de la victoria. Sobre el balcón la bandera caía lacia, sin viento.

Tras la pared sonaron voces, pero los del patio no oían nada. Borja se puso de pie en el banco, y yo le imité. El borde del muro estaba erizado de pequeños cascotes afilados como dientes, prestos a desgarrar la carne. («Iguales que las de Son Major», dijo el mayor de los Taronjí, mirando a la abuela e irguiéndose en su maloliente guerrera.)

Los vimos por entre los afilados cascotes de vidrio, que me llegaban justamente a los ojos. Iban los tres por el camino: Malene, Manuel y el muchacho pequeño. Pasaban en silencio, con los zapatos manchados de barro, como si vinieran de algún lugar sombrío, de escarbar bajo la corteza de la tierra, donde aún no se habría secado el aguacero de la tormenta. Desaparecieron detrás de las encinas y volvieron a asomar, más cerca ya. Iban con sus trajes de siempre, y no de luto. Uno al lado del otro entraron en la calle. Como esperándoles salieron a la calle la herrera —madre de Guiem— y otras dos mujeres, cuyas voces empezaron a levantarse, destempladas. Pero ellos —Malene, Manuel y el muchacho— no decían nada, y por donde pasaban renacía el silencio, de un modo extraño, casi mágico. No pude ver más por entre la hilera de agudos vidrios. En aquel momento pasaban al otro lado del muro, y sólo oímos sus pisadas en las piedras de la calle. Apenas se alejaron, renacieron las voces airadas de la herrera, y de las otras mujeres: «Es una verguenza exhibirse así», decían. «Por supuesto, no lo habrán enterrado en cristiano...» «¡Cómo iban a atreverse!»

—Tienen los zapatos manchados de barro —dijo mi primo, con voz opaca—, pero no vienen del cementerio... ¿Dónde lo habrán enterrado?

El sol dañaba los ojos, entre el verde, el ópalo, el diamantino resplandor de los cascotes. Suavemente, pasé la yema del dedo por sus bordes afilados como navajas. Los ojos me dolían de tanta luz.

El Chino se acercó, por detrás:

—Bajen, por favor... por favor...

De un salto Borja volvió al suelo. El sol se hacía verde y rubí por entre aquella dentadura feroz.

—¿Se darán bien las uvas aquí... como en Son Major? —preguntaba la alcaldesa, con voz algodonosa.

Con los dedos, el Chino sacó de su vaso la mosca ahogada. La echó al aire, y se pegó contra la pared, rezumando una gota de oro.

La escuela del sol

1

Las tempestades no me asustaban. Me gustaba el trueno atravesando el pueblo desde la montaña al mar, rodando declive abajo. Pero al viento le temía y, antes de que empezara, lo presentía como el roce de un animal que trepara por la pared. Me despertaba en la oscuridad. El espejo brillaba y sentía como un soplo recorriendo el cuarto. A veces, me daban un miedo parecido las flores que surgían inesperadas, de los pequeños jardines y huertos, tras las casas del pueblo: como denunciando algún misterio de bajo la isla, algún reino, quizá, bello y malvado.

(Un día que yo pedí ir a la orilla del río, dijo el Chino: «No hay ni un río en la isla». Ni un río, ni un río. Si algo hubo hermoso en mi pasado fueron las tardes verdes del río, a la hora de la siesta, o al atardecer, o en la mañana de oro. Los juncos, el cañaveral, las rocas lisas de la orilla, como playitas de piedra.)

Tras la fragua del padre de Guiem, tras los cristales de aquella puertecita que cerraba mal, pintada de azul, estaba el jardín-huerto, que su madre cuidaba con mucho afán. La madre de Guiem era una mujer gorda, que se sentía muy halagada de que Borja y yo —¿yo, también?— fuéramos a su casa.

En la isla conocí el sol, que hacía temblar a las flores en el jardín de Guiem, que atravesaba la niebla para convertirse en un fuego húmedo y lento evaporándose sobre los cálices de las flores. Las flores de la isla eran algo insólito. Nunca vi flores tan grandes ni de tan vivo color (las de mi tierra eran unas salvajes florecillas de color morado, blancas, o de un asustado amarillo entre las altas hierbas, los árboles y el rocío blanco). Estas flores, en cambio, como nacidas de las piedras, lo dominaban todo: el aire, la luz, la atmósfera. Me parecía tan raro que nacieran allí, de aquel suelo, en todas partes: en el sendero, en el declive, junto al pozo de nuestra casa, con su dragón cubierto de musgo y hierros forjados, rojos de orín. A veces, cuando Borja decidía unos días de paz, íbamos a la fragua de Guiem, a su huerto-jardín.

Dos días después de lo ocurrido con Manuel en Santa Catalina, Borja nos llevó calle arriba:

—Vamos a la fragua. Quiero hablar con Guiem.

—¿Va a haber tregua?

—Sí.

El Chino pretendía seguirnos, y era penoso oír a nuestra espalda sus pasos precipitados y su jadeo: «No está bien de los bronquios», había dicho Antonia.

Guiem ayudaba a su padre. A la entrada de la fragua, o en la misma esquina, ya se oían los golpes.

Borja se nos adelantó y entró. El Chino me puso una mano en el hombro:

—Señorita Matia, sean buenos —dijo—. Se lo ruego, sean buenos.

Le miré de reojo, porque me avergonzaba cuando decía cosas así. Y añadió:

—Ustedes no comprenden. Yo, después, tengo que dar cuenta a su abuelita. No le gusta que frecuenten esas compañías. ¿Se da usted cuenta?

—Sí, me doy cuenta —dije cansada.

Y él añadió, con una furia extraña:

—Ustedes son impíos, son crueles... no comprenden nada. No es por mí, es por ella... ¿sabe usted? Es mi madre: no quiero que sufra por mí... ¡Está tan sola! Ella enseñó a ese pájaro, Gondoliero, a ir de un lado a otro, cuando yo entré en el Seminario, para no quedarse tan sola. Ahora que me tiene no puede soportar que su abuelita me hable con dureza. Ustedes deberían entenderlo, pero no quieren. ¡No quieren! Son duros de corazón, Dios lo sabe.

—¡Está diciendo idioteces! No entiendo nada del pájaro ni de todo eso, y haga el favor de no ponerme la mano encima.

También lo dije con rabia, con una rabia que me sorprendía. ¿O acaso era miedo? ¿O era una sensación desusada, como la tristeza? ¡Yo qué sé! Pero sentía el corazón tan apretado como en Nuestra Señora de los Ángeles, con Gorogó bajo la almohada.

El herrero estaba allí con su gran delantal de cuero, lleno de cicatrices. El Chino sonrió:

—¿Podemos pasar al jardín? Los niños desean...

—Supongo que no habrá ocurrido nada...

—¡Nada, nada, Dios mío! Los niños...

Nos señaló con la mano y vi el anillo de plata de su madre en el dedo meñique.

«Él, su madre, el anillo», me dije confusamente. «Ellos, siempre ellos. Y a mí nunca, nada, nadie.» (Claro que tenía un anillo en la arqueta y que la abuela me dijo que en el Banco había más. Pero no los quería, no los quería. Cuando creciera los iría regalando.)

—Chino, qué birria estabas con aquel sayo —dije de sopetón—. ¿Y por qué dejaste el Seminario? Los curas no te querían, ¿verdad? Tú no crees en Dios, Borja lo sabe muy bien.

Allí estaban otra vez las grandes flores, como un veneno, a medida que entrábamos en el jardincillo.

(¿Y por qué, por qué me reía yo y estaba tan triste, diciéndole aquello al Chino? ¿Por qué aquella amargura que notaba hasta en la lengua?)

—Bueno, Matia, cállate. Vamos a estudiar un poco —dijo mi primo.

Se sentó en el suelo y abrió el libro sobre las rodillas.

—Anda, Chino, háblanos de Dios —insistí.

(Porque había algo allí, en el sol, en las flores y en todas las hojas, que empujaba mi lengua ácidamente, y no me podía callar.)

El Chino abrió su libro, también. Luego sacó su inevitable pañuelo, para pasárselo por la frente. No había la más pequeña brisa. Al ver las iniciales bordadas en aquel pañuelo, me invadió una oscura envidia. ¿Quién lo bordó sino su madre, la Antonia pálida de los labios fruncidos? Partí una hoja entre las uñas. Deseaba decir, idiotamente: «Pues, aunque a mi madre la viera poco, mi padre me enviaba juguetes y libros y un payaso, y el día de Reyes...». Pero, ¿quién iba a hablar de Reyes Magos a Borja, a Guiem, al Chino? Sentí una gran vergüenza.

La puertecilla de vidrio y madera, pintada de azul, daba a la habitación donde la madre de Guiem ponía una camilla con faldas de flores desvaídas, y la radio con su funda de cretona, y el calendario, y la máquina de coser. «A veces, Mauricia me decía: *no tengas miedo.*» ¿Cuándo? ¿Cuándo me lo dijo? ¿Era verdad que me lo dijo alguna vez? Yo era una niña, y de pronto...

—No se lo merecen. ¿Para qué hablarles de Él? —dijo el Chino.

Borja levantó la cabeza y sus ojos brillaron:

—Ah, muy bien, Chino, ¿quieres volver al Naranjal?

El Chino apretó los labios. Su camisa estaba sucia, Antonia no tuvo tiempo para lavársela, seguramente, porque lavaba y planchaba nuestra ropa. («Qué bien.») Era como estar dentro de un vaso de cristal. El cielo y la atmósfera toda se sentía como tras una campana de vidrio. Dos mariposas se perseguían. Dijo mi primo:

—Y Dios, ¿qué dice del padre de Manuel Taronjí?

—Seguramente piensa que era un mal hombre. No es bueno dejarse dominar por la envidia y el odio, todos los hombres deben conformarse con lo que Dios dispuso para ellos.

—¿Y para ti, qué ha dispuesto?

Borja aplastó un insecto contra la hoja del libro y lo arrastró con la yema del dedo, dejando una mancha de sangre marrón.

Insistió:

—Chino, ¿qué dispuso para ti?

En aquel momento entró la madre de Guiem, haciendo temblar los vidrios de la puerta. Cruzó los brazos y sonrió al vernos:

—¿Y estos muchachos, Dios mío, con aquel jardín tan hermoso que tienen, cómo vienen al jardín de los pobres? ¿Qué tiene mi jardín para gustarles más que el suyo?

A medida que ella hablaba, pensé, otra vez, en los ríos. «Sí que habrá ríos, ríos por debajo de la tierra, hasta el mar.» Cerré los ojos y entre los párpados se me filtraba un resplandor muy rojo. Oí que Borja decía:

—¿Puede venir Guiem? Estamos esperando que acabe su trabajo.

Abrí los ojos para ver cómo se regocijaba:

—Pero, con mi Guiem... ¿qué es lo que tanto tienen que contarse siempre?

La cabeza de Guiem asomó por la puerta, hirsuta y tosca.

Dijo:

—Tengo trabajo. Espérame allí, Borja.

Borja cerró el libro de un golpe, para atrapar entre las páginas una mariposa verde.

—Queremos ir al Port. ¿Vendrás, Guiem?

—¡El Port! —dijo la madre, levantando al aire sus brazos gordos—. ¿Y qué ha de hacer Guiem en el Port?

El Chino se guardó el pañuelo en la bocamanga. Nos levantamos para salir. En la fragua se respiraba un aire rojo y negro. El herrero aparecía entintado a medias por la oscuridad y el resplandor del fuego. De la pared, de los ladrillos negruzcos, pendían herramientas de hierro, como instrumentos de tortura.

Era sábado y detrás de Santa María montaban los tenderetes de mercado. Los vendedores de los pueblos vinieron con sus borriquillos cargados de mercancías. Ponían franjas de tela en el suelo y sobre ellas brillaban relojes de hojalata, cacharros de cerámica, y pedacitos de espejo, bordeados de una cenefa dorada, que reflejaban esguinces de un sol hiriente.

Ellos eran: Guiem, hijo del herrero, dieciséis años; Toni el de Abrés, hijo del carrero, que vivía en el extremo de la plaza y que tenía el patio lleno de ruedas apoyadas en la pared, en un aire oloroso a madera tierna. (Le recuerdo bien: era rubio y el más alto de todos, casi me sobrepasaba y sólo tenía quince años. Cuando íbamos a la playa y lo veíamos de lejos, cogiendo lapas entre las rocas, llevaba un pantalón rojo.) Antonio, el hijo de un colono de Son Lluch, a quien llamábamos Antonio de Son Lluch, para no confundirlo con Toni el de Abrés, el carrero. Estos tres eran los principales. Luego venían, Ramón el de la carpintería de detrás de la iglesia, que sólo tenía trece años. (Pero a veces a Guiem le gustaba ir con él. Era curioso que, a la hora fatal de la siesta, o iba con toda la pandilla —y entonces Ramón era de los segundones—, o iba sólo con Guiem. En aquella hora del sol, en la plazuela de las ruinas, al final del pueblo, junto a la hendidura de la tierra que parecía el lecho de un río seco (ni un río en toda la isla, ni uno) se les veía a los dos juntos, entre el polvo, con varas verdes como lanzas. Tenía sólo trece años, pero Borja decía: «Va con él porque sabe mucho». Estaba lleno de malicia y de sabiduría, sí. A veces, al pasar ante la carpintería lo veía ayudando a su padre, entre las maderas, y nos miraba con sus ojos pequeños y brillantes, y sonreía como si estuviera en poder de muchos secretos (todas las cosas que a mí no se me alcanzaban). Por eso decía Borja: «A ése le tienen por lo que sabe». Y el último (que no siempre iba con ellos, pero que era amigo de Ramón) era Sebastián, el cojo, hijo de la lavandera de Son Lluch, que estaba de aprendiz con el zapatero.

Y *nosotros* éramos: Borja, el que mandaba; Juan Antonio, el hijo del médico, y los dos hijos del administrador de la abuela, que vivían ya fuera del declive, al principio del pueblo, en una casa con jardín y huerto grandes. Se llamaban León y Carlos, tenían dieciséis y catorce años, y eran dóciles de carácter. Durante el invierno estudiaban con los frailes. Iban con Borja porque su padre se lo mandaba, pero me parece que pensaban de manera distinta a la nuestra. Sobre todo Carlos, el pequeño, era muy aficionado al estudio, y coleccionaba insectos en una caja. Usaba gafas de concha y tenía la barbilla resbalada. Los dos olían a pan, y casi siempre tenían los dedos manchados de tinta, porque su padre les obligaba a estudiar aún en vacaciones, igual que la abuela a nosotros. El pequeño Carlos decía: «Seré ingeniero de Caminos». Y Borja se encogía de hombros. León era más golfo y muy hipócrita. Los dos parecían devotos, o por lo menos lo fingían, para complacer a su padre, y su padre lo hacía para complacer a la abuela. (En la isla todo iba así.)

En la fragua de Guiem se respiraba algo dañino, en las sombras alargadas del suelo, en los golpes del yunque y el jadeo del fuelle. Guiem, con el torso desnudo y las costillas salientes como la *Joven Simón*, sudaba, con el pelo pegado a las sienes, encendido. Afuera las flores y el pozo, el olor a moho. Y su madre, la herrera, con el delantal lleno de tomates, maduros unos y verdes otros, y el zumbido de las abejas entre las varas que separaban el jardín del pequeño huerto. Y aquella pasta amasada, extendida en una lata, donde ponían arenques y pedazos de pimiento, verduras y aceitunas negras, que la madre llevaba al horno de la tahona para que la cocieran. Era como si llevase un pedazo de jardín, o una huerta enana, donde resaltaba el verde crudo.

Tres casas más arriba, estaban el taller del carrero y Toni. En el patio del carrero no había flores, sólo un pequeño huerto con alguna verdura, y el pozo. Solía haber mucho polvo y en el aire una lluvia de serrín, como un enjambre de oro, flotando entre los rayos del sol. Toni el de Abrés. Le recuerdo siempre contra la pared del patio, debajo de un cielo limpio que reverberaba en la piedra blanca, con un instrumento cortante en la mano raspando un pedazo de madera. Apoyado, descalzo, con las pestañas llenas de polvo de serrín y los ojos entrecerrados; su pelo de color de corteza de pan, mate, sin brillo alguno, cayéndole a ambos lados, diciendo: «Bueno, si va Guiem, iré yo». Su padre era hermano del carpintero, el padre del malvado Ramón. Pero Toni y su primo no se llevaban bien. Nunca les vi hablarse.

Los días de tregua entre Borja y Guiem solía imponerlos Borja, no *ellos*. Y en esos días había una causa común: ir al Port, al café de Es Mariné, para jugar a cartas, y gastarse el dinero jugando o comprando a Es Mariné cosas que secretamente escondía y decía tener de contrabando. Es Mariné se traía mucho misterio con los chicos, y siempre hablaban a medias palabras que yo no entendía. A veces Es Mariné les ganaba todo el dinero, y se quedaba riéndose y mirándoles de modo burlón y congestionado, mientras liaba el cigarrillo Siempre tenía algo prohibido que vender (hasta, en cierta ocasión, cigarrillos de opio) y solían alquilarle la motora, para ir con ella al Naranjal. Únicamente a Borja no se la dejaba Es Mariné, porque decía que no era buen marinero, si no le acompañaban Guiem o Toni. Ni por todo el oro del mundo, decía, se la dejaba a él solo. Borja necesitaba entonces recurrir a ellos, porque le gustaba mucho ir al Naranjal, y pasar en él tres días enteros.

Durante las primeras vacaciones sólo me llevaron un día, y eso regresando por la noche a casa. La abuela decía que ya era demasiado crecida para ir al Naranjal sola con ellos y pasar tres noches fuera de casa. (Como si no fuera sola con ellos siempre.) Pero el detalle de pasar las noches fuera de casa parecía muy importante. Dos de las veces que fueron al Naranjal les acompañé hasta el Port, a despedirles, sin que la abuela lo supiese. Luego volví a casa, en la *Leontina,* odiando ser mujer. La abuela no se enteró nunca. Les recuerdo en la motora, descalzos, llenos de alegría: el Chino sentado, con las rodillas juntas, junto a la cesta de la merienda, brillando sus gafas verdes. Las gaviotas, como gallardetes, gritaban al borde de las olas.

Aquel día también les acompañé al Port. (Antes, desesperada, pedí permiso: «Abuela, déjame ir con ellos al Naranjal». «¡Nunca, qué locura, nunca! ¡Una jovencita con esos muchachos! Y alguno de ellos, de la catadura de Guiem.» «Pero va el Chino...» «¿Y qué tiene que ver?»)

En el café de Es Mariné estaba el altillo donde sólo dejaban subir a Borja y a Guiem. Borja sabía que Guiem y Es Mariné —que tenía más de cincuenta años y que era bajo, con la espalda y el pecho abultados—, tenían secretos comunes. Se reunían en la gran terraza sobre el mar donde venían al atardecer los hombres del Port. Es Mariné ponía vasos encima de la mesa. Vendía vino, aceitunas, latas de conserva. A veces, daba de comer a los forasteros, si le avisaban con tiempo. Los del Port eran gentes muy pobres que sólo vivían de la pesca. Todos sabían que Es Mariné y varios de los que iban a comer a aquella gran terraza sobre el mar, se dedicaban al contrabando. Borja decía: «Guiem conoce las grutas donde van con las barcas y dejan los sacos con el alijo. Luego, ellos van a buscarlo». Dicho así me parecía demasiado sencillo para ser una cosa prohibida. Había muchas grutas por aquella parte. Guiem y Es Mariné eran muy amigos, y viéndoles hablar me daba cuenta de que Guiem era más viejo, muchísimo más viejo que Borja y que yo. Y no era precisamente por la edad, sino, quizá, por el modo como entendía a medias palabras todo lo que nosotros no alcanzábamos. Hasta en una sonrisa, parecía que Guiem tuviese más años que Borja, aunque sólo fuera uno mayor. Quizá por eso Borja inventaba los días de tregua, e iban todos juntos al Naranjal. Si hacía bueno, nos sentábamos sobre rollos de cuerdas y sacos en la terraza del café de Es Mariné. Es Mariné tenía varias jaulas con loros, a los que daba pedazos de carne pinchados en un hierro. En cuanto nos veían, hablaban todos a la vez, como insultándonos. Es Mariné vivía solo y él mismo guisaba. A menudo comíamos con él, y nos servía en una gran fuente, donde metíamos en común la cuchara. Sólo miraba con el ojo derecho, mientras el izquierdo se le escondía extrañamente bajo la ceja. Siempre nos preguntaba por la abuela, con mucho respeto. Al Chino apenas le dirigía la palabra, y se reía cuando Borja le mortificaba. Borja hablaba con Es Mariné del señor de Son Major. Es Mariné sabía muchas historias suyas, diferentes de las que oíamos a Es Ton y a Antonia, que hablaban de él como del diablo. Es Mariné quería mucho al señor de Son Major. Borja escuchaba con extrema atención, y el Chino, a su pesar, también. Me acuerdo del color de la tarde, en la terraza sobre el mar, con los loros chillándonos desde las jaulas. Y de cómo la luz se volvía azul y oro sobre los vidrios de la puerta. Es Mariné, sentado entre nosotros, decía que Jorge de Son Major era pariente de Borja —no decía que mío también— y miraba burlonamente a mi primo, que le escuchaba con la boca un poco abierta y los ojos brillantes.

—Y tú, Borja, ¿vas a ser como él? ¡Cá, tú qué vas a ser como él! ¡Tendrías que nacer otra vez!

Nadie hablaba a Borja —que sonreía sin saber qué contestarle— como Es Mariné. Aún me parece estar viéndole, arrodillado sobre los sacos, mirándole. El viejo sostenía el cigarrillo en su mano, parecida a un enorme cangrejo. Escupía en el suelo y se reía. De su ojo izquierdo, congestionado, nunca acababa de caer una lágrima. Y decía:

—Cá, tú qué vas a ser como él.

Yo comprendía que Borja, mientras sonreía con dulzura, temblaba de odio, de envidia y de rabia. Y si algo había en el mundo que deseaba —y no sabía aún cuánto, ni a qué precio— es que algún día hablaran de él como de Jorge de Son Major, y que Jorge de Son Major le dirigiera alguna vez la palabra. Y aunque algunos, como el mismo Ton, nos hablaron de Jorge de Son Major de forma muy distinta que Es Mariné, creo yo que estas versiones aún estimulaban más a Borja. (Cierta noche, allí en el patio, mientras quitaban la cáscara de la almendra, Es Ton, muy parlanchín, nos contó cosas en voz baja, con el aire de secreto que tanto nos seducía: «Este Jorge de Son Major, era un loco, endemoniado. Nunca quiso saber nada de los de aquí, ni tuvo un solo amigo de este pueblo, ni de su clase. Iba a buscarse los amigos por ahí, por esos mares: ¡qué amigos, si tenían todos aire de piratas! Es Mariné se enroló en el *Delfín,* se fue con don Jorge por esos mundos de paganos... Sí, don Jorge estaba loco, loco de remate: o más bien, digo yo si se le habría metido un diablo en el cuerpo. Su padre le mimó demasiado, eso es. Solamente veía por sus ojos. Y el pobre viejo se murió solo, en Son Major, llamándole, llamándole... mientras él rodaba como un trueno por aquellas malditas islas. Cuando volvió ya estaba enterrado el pobre viejo, y él no le guardó luto, ni siquiera le pagó unos funerales, como manda Dios... ¡Ay, no! Fue mucho peor. Llenaba la casa de mala gente, y dicen que en esa casa, con el viento del diablo dentro, se armaban unas horribles bacanales. Y dicen que una noche vieron entrar al diablo, embozado en su capa y con gafas negras, y oyeron carcajadas horribles, desde el acantilado. Nadie quería acercarse al *Delfín*. Estaba embrujado. Los del Port contaron que resplandecía en la noche, con una luz infernal... ¡Dios sabe lo que ocurría allí dentro! Y aquí, una mujer que no quiero nombrar, una señora muy principal de la ciudad, abandonó a su marido para huir con él. Nunca se ha sabido más de ella, como si la hubiera tragado el infierno. Estaba embrujado para las mujeres: se volvían locas y acababan marchándose con aquel diablo. ¡Tenía horrorizada la isla! Y esposas... Se le conocieron hasta cuatro. Una de ellas no era de raza cristiana; tenía la piel oscura, y hablaba de un modo que nadie entendía. Él, no paraba ni un mes aquí: vivía siempre en el *Delfín,* como en un barco fantasma, sin trabajar, y sólo gastando, gastando, en sus tonterías y locuras. Iba perdiéndolo todo, malgastando su dinero de mala manera... Pero, hijitos, el tiempo es cruel. El tiempo pasa para todos. Ahí está, ahora: enfermo, envejecido, y sin un solo amigo... Los niños le tienen miedo, porque sus madres les dicen: *si no eres bueno te llevará el señor de Son Major.* Es el castigo de Dios. Todo pasa en la vida, jovencitos. Todo pasa».)

Y Es Mariné:

—Ahora, ya no se deja ver, nunca sale de allí. Se está muriendo.

Se quedaba pensativo, y añadía:

—Algún día le iré a ver. Se acuerda de mí: fui marinero suyo. Si alguien de aquellos tiempos va a visitarle, le ofrece buen vino. Es un señor, no desprecia al que le sirvió. Sí, es un señor. Pocos quedan así.

El Chino decía:

—En otros tiempos, doña Práxedes fue buena amiga suya.

—¡Antes, antes!... Ahora no quiere saber nada de sus parientes. Algún día iré a verle, sí, señor... Él viajó muy lejos conmigo. Íbamos a las islas —y de pronto su mano encarnada y corta, con dedos como patas, señalaba el mar. Y a lo lejos había un resplandor que sólo de verlo contraía la garganta—. Y ahora ahí está encerrado. ¡Bah! ¡Con aquel asqueroso Sanamo, esa rata repugnante que toca la guitarra! Viviendo de él sin orgullo... ¡Yo no podría hacer una cosa así, después de lo que vivimos antes! ¡Qué asqueroso Sanamo, aprovechándose de los viejos tiempos del *Delfín*, de los recuerdos del pobre señor! Sí, hurgándole en los recuerdos, con su maldita guitarra, para que no le eche a la calle: ¡él, que fue siempre un traidor, y nada más! ¡El último del *Delfín*, el último!

En un rincón, Guiem reía, sombrío:

—¡Sí, por todas partes le conocen a don Jorge! ¡Por todas partes!

Es Mariné y Guiem sonreían misteriosamente. Borja decía, con voz chillona:

—Tenemos el mismo apellido. En otro tiempo la familia se llevaba muy bien: tiene razón el Chino. Mi abuela era buena amiga suya... Y nadie ha terminado con nadie, realmente.

—Nadie, jovencito, nadie. —Es Mariné se pasaba la colilla de una comisura a la otra—. ¡Tú serás su heredero, bien seguro!

Guiem aplastaba hormigas con el pie. (En la isla entraban hormigas por todas partes. Por toda ella había caminos y caminos de hormigas; diminutos túneles, horadándola, delgados, como infinitas venas huecas. Y las hormigas yendo y viniendo, yendo y viniendo, por ellos.) Es Mariné metía un cacillo agujereado en la tina de las aceitunas negras y las echaba, goteando, en el platillo:

—Tú le irás a ver, ¿no?

El Chino ponía una mano en el hombro de Borja. Una mano extraña, en aquel momento: amarilla, seca. No era una mano amiga, y sin embargo quería o pedía algo. Borja se quedaba quieto, con la sonrisa fija que yo conocía tan bien:

—Sí. Claro está que iré a verle, cualquier día. Es tío mío.

—Algo sí, algo sí —reía Es Mariné—. Bien, cuando vayas a verle háblale de mí, dile algo de aquellos tiempos. Mira, tenía el oro amonedado en un armario. ¡Cartuchos y cartuchos de oro! Luego decía: *toma, Mariné, eres un buen chico.* ¡Le servía muy bien! Pero a sueldo fijo no estaba. ¡No!

De nuevo se miraban a los ojos Guiem y Es Mariné, y reían ahogadamente. ¡Qué viejo y astuto parecía entonces Guiem, con sus malvados ojos negros! Borja también reía forzadamente. El vino que nos vendía Es Mariné era muy malo, nos dejaba los dientes y los labios oscuros. A veces le comprábamos una especie de aguardiente muy fuerte, que nos ponía muy alegres.

—Ay, tenía recorridas todas las islas —soñaba él, con el ojo derecho brillante, como el solitario de la abuela—. Mala cosa, cuando vendió su velero... Aunque hay quien dice que no lo vendió y que le prendió fuego. No sé lo que hizo con el *Delfín.* ¡Tanto como le queríamos todos! La verdad, yo pensé entonces: ¿El señor de Son Major se ha deshecho del *Delfín*? Entonces es que está muy grave.

—No está enfermo —dijo el Chino—. Le vi el otro día regando sus flores, detrás de la verja del jardín.

—Grave, grave —repitió Es Mariné. Y su ojo se perdió definitivamente en la enmarañada ceja.

De vuelta en la *Leontina,* cuando ya se habían marchado al Naranjal, yo pensaba en todo esto. Llegaba hasta el embarcadero, subía al declive, con la amargura de haberles visto ir y la rara ensoñación que me producían aquellas conversaciones. Entraba en el patio de la casa, por la puertecilla, y subía sigilosamente, para que la abuela no se enterara de mi escapada al Port, a lavarme y cambiarme de ropa para la cena. Luego, la abuela me preguntaba:

—¿Dónde has estado?

—Estudiando.

La abuela me miraba los dedos, por si aún estaban manchados de tinta. Acercaba su gran nariz a mi boca para oler si había fumado. (Antes mastiqué furiosamente un caramelo de menta, de los que guardaba Es Mariné en latas altas, con la marca de un caldo de cubitos.)

Le pregunté a Antonia:

—¿Cómo es el señor de Son Major? ¿Es verdad que tenía el diablo en su casa?

Ella abría mi cama y metía la mano por el embozo, estirándolo. Se volvió y dijo:

—El señor ya está muy viejo. Fue un gran mozo, algo raro... Bien. Era un señor, eso sí, muy generoso y algo alocado. Aquí, la gente no le podía comprender... Se divertía a su modo, de una forma escandalosa: aquí nunca hizo nadie cosas así. Era... ¿cómo diría yo? ¡Lo asolaba todo, como el viento! ¡Dilapidó su fortuna, fue un escándalo!

—¡Aún tiene mucho dinero! Un armario lleno de monedas de oro.

—Bah. ¿Y eso qué es para él? Eso no es nada —contestó.

Y al decirlo dobló los labios, con desprecio. (No sé por qué me vino a la memoria aquella fotografía de ella y de Lauro cuando era pequeño, metida en el ángulo de su espejo.) Antonia rió brevemente, y bajando más la voz añadió, como para ella sola:

—Ya tuvo humor, ya... regalarles a José Taronjí y Sa

Malene esas tierras, precisamente en mitad del declive, en medio de las de la señora... Eso enfadó mucho a doña Práxedes.

(Bajo el cielo que oscurecía poco a poco, de vuelta a casa, en la *Leontina,* pensaba yo en aquellas cosas. Miraba mis piernas tostadas, extendidas, y me decía si acaso era verdad lo que nos contaban. Pero en la vida, me parecía a mí, había algo demasiado real. Yo sabía —porque siempre me lo estaban repitiendo— que el mundo era algo malo y grande. Y me asustaba pensar que aún podía ser más aterrador de lo que imaginaba. Miraba la tierra, y me decía que vivíamos encima de los muertos, y que la pedregosa isla, con sus enormes flores y sus árboles estaba amasada de muertos y muertos sobrepuestos. Es Mariné dijo una vez que Jorge de Son Major había hecho muchas víctimas, que era cruel, pero que nadie había en el mundo tan generoso ni estimable. ¿Qué víctimas serían aquéllas? ¿Cuáles sus maldades? Al final del declive estaba el pozo, junto a la escalera de piedra donde aquella tarde empujé a Juan Antonio. El pozo tenía una gran cabeza de dragón con la boca abierta, cubierta de musgo. Y había un eco muy profundo cuando caía algo al fondo. Hasta el rodar de la cadena tenía un eco espeluznante. Y yo solía agachar la cabeza sobre la oscuridad del pozo, hacia el agua. Era como oler el oscuro corazón de la tierra.)

—¿Habéis visto el San Jorge de la vidriera? —dijo aquel día Es Mariné—. Así era don Jorge el de Son Major.

Atravesado por el sol, en Santa María, rodeado de ojos transparentes como copas de un vino rubí, resplandecía San Jorge, con su corona de oro, su armadura y su gran lanza verde.

—Como un San Jorge. Y dicen si el que lo pintó, tomó por modelo a un antepasado suyo.

—¡Qué embuste! —el Chino, tras quitarse los lentes, se tapó los ojos—. Calle usted y deje en paz esas hermosísimas vidrieras...

(Siempre pensé que los Mártires de las vidrieras eran para el Chino algo así como hermanos vengativos que nos miraran desde lo alto, luciendo en la oscuridad de Santa María, donde corrían, como papeles empujados por el viento, despavoridos lagartos y ratones. Y el sol, allí fuera, acechando algo, como un león.)

Es Mariné dio con el puño en la mesa, y las aceitunas negras saltaron en el platillo. Se oyó la risa gorda de Guiem, y Es Mariné vociferó:

—¡Como San Jorge, he dicho, como San Jorge es él, y que se calle la sabandija! Sí, señor; guapo y gordo como San Jorge... Y está lleno de recuerdos y talismanes, y de rosarios de ámbar. Los he visto yo. Mirad —Es Mariné entreabrió su maloliente camisa y enseñó una rara moneda de plata, con un signo—. Me lo dio él... Era diferente, estaba por encima de todos. Le decían: «¿Por qué no sale de ese maldito barco, por qué no acaban esos viajes que le queman la salud y el dinero, y vive como todos los hombres? Vaya a la ciudad, vaya al Continente, diviértase como todos los hombres, no queme su vida en esas cosas». Pero él contestaba: «No, yo soy de otra raza». Era como el viento, es verdad. Como un dios, lo juro.

Es Mariné cruzó dos dedos, besándolos. Sonó su chasquido. Sin venir a cuento, el Chino dijo:

—El beso de Judas.

Es Mariné se irritó. Sacó el cuchillo y se lo puso en el pecho. El Chino retrocedió contra la pared. El viento le daba de cara, mientras cerraba los ojos porque no se puso las gafas, que tenía en una mano, levantada y temblorosa.

—¿De qué Dios eres tú el profeta, renegado? —gritó Es Mariné, congestionado—. ¿De qué Dios? Tú no crees en nada. Te echaron de allá por descreído. Sólo crees en tu cochina barriga —y con la punta del cuchillo le señalaba el vientre negro y hundido, con sus botones marrones, palpitando de miedo—. ¡Tú no crees más que en tus cochinas tripas! ¿Qué es lo que vas a enseñar a estos inocentes?

Se refería a nosotros. Luego escupió, y dijo:

—¡La muerte les enseñas tú! Muertos, nada más. No sabes de otra cosa que de la muerte... Anda, renegado, Judas. Vete a llamar a los Taronjí, y que vengan a buscarme.

Se apartó de él. Borja se levantó de un salto y fue a por más vino.

—¡Eh, eh! —le gritó Es Mariné.

Borja, ostentoso, le enseñó el dinero. Lo llevaba enrollado y sujeto con una goma, en el bolsillo derecho. Levantó el borde del suéter, y por la cintura del pantalón asomó la culata del viejo revólver del abuelo. Es Mariné cambiaba pronto de humor, y se echó a reír de tal modo que su cara se amorataba y parecía que iba a estallar.

Nos vendió tabaco y ron del de contrabando. Y a Guiem y a Borja les dio algo misterioso que no me dejaron ver.

—Tú no, bonita, tú no —dijo mi primo, apartándome.

Tenía los labios y los ojos brillantes y me parece que a todos se nos había subido el vino a la cabeza.

Me tuve que volver sola en la *Leontina,* llena de rabia. Ellos, los malditos, se subieron a la motora de Es Mariné. Daban gritos, desenrollaban cuerdas, se encaramaban sobre la proa. El sol les daba en la espalda: eran como los de Santa María, en negro y rojo contra el cielo. Hasta el viento me dolía, y Es Mariné me dijo:

—Suba a la barca, pequeña. Y váyase, váyase.

Luego, ya lo sabía yo: venían dos, o tres, o un solo día de tregua.

2

Si Borja tenía la carabina y el viejo revólver del abuelo para los días enemigos, y Juan Antonio la navaja, y los del administrador los látigos, Guiem y los suyos tenían los ganchos de la carnicería. La carnicería estaba al final de una calle empinada y una vez vi, colgada a su puerta, una cabeza de cordero en la que resaltaba un ojo, brutal, fijo y como exasperado, entre venas azules. Robaron los ganchos uno a uno, y los escondían entre el pecho y la camisa. Cuando nos encontramos en la plazuela de los judíos, los esgrimían bravuconamente. Escondidos entre las rocas, nos tiraban piedras, aunque no a «dar», pues sólo era el principio de la provocación. Luego, se iban hacia el bosque. Al Chino le gritaban:

—¡Judas, Judas, Judas!

Borja, Juan Antonio o los del administrador debían seguirlos. Entre los árboles daban comienzo sus atroces peleas, persiguiéndose con saña. Mi primo, con el revólver o con la carabina, los mantenía lejos. Era una guerra sorda y ensañada, cuyo sentido no estaba a mi alcance, pero que me desazonaba, no por el daño que pudieran hacerse, sino porque presentía en ella algo oscuro, que me estremecía. Una vez hirieron a Juan Antonio con el gancho. Recuerdo la sangre corriéndole pierna abajo, entre el vello negro, y sus labios apretados para no llorar. Lo único que le preocupaba era que su padre no se enterase. Borja se lo curó, atándole fuerte el pañuelo empapado en agua del mar. También Borja salió a veces con algún rasguño: pero era cauto y huidizo como una anguila, y su carabina atemorizaba a Guiem, que le gritaba:

—¡Juega sucio, juega sucio con la carabina!

La plazuela de los judíos, donde los de Guiem empezaban sus provocaciones encendiendo hogueras, estaba en un ala vieja del pueblo, destruida hacía muchos años por un incendio. Sólo quedaban unos pórticos ahumados y ruinosos y dos casas a punto de venirse abajo, junto el sendero que ascendía hacia los bosques de los carboneros. La tierra terminaba como cortada a pico en el alto muro del acantilado. A la derecha se distinguía el declive y la blancura de la casa de Malene Taronjí. Abajo, el mar se abría alucinante. Era el mismo mar que veía en mi Atlas, pero inmenso y vivo, temblando en un gran vértigo verde, con zonas y manchas más espesas, con franjas de gaviotas, temblando, como banderas posadas cerca de la costa. Desde la altura, en la plaza donde en otro tiempo quemaban vivos a los judíos, el mar producía una sensación de terror, de inestabilidad. Como si fuera una amenaza redonda, azul, mezclándose al viento y al cielo, donde se perdían universos resplandecientes, o ecos errantes repletos de un gran miedo. Rodar y rodar, parecía entonces, mirando hacia abajo, lo único posible. Y, la vida, algo atroz y remoto.

Contra la cara espesa de la abuela, el hermoso rostro de Mosén Mayol, y la impenetrable espera de tía Emilia; contra el duro corazón, tras los pliegues del traje de Antonia, tenía yo formada otra isla, sólo mía. Nos dábamos cuenta de algo: Borja y yo estábamos solos. A menudo, ya en la noche, golpeábamos la pared tres veces. Él saltaba de su cama y yo de la mía. Sigilosos como duendes, atravesábamos pasillos y habitaciones, y nos encontrábamos en la logia.

Resplandecía el cielo entre los arcos, y había en la oscuridad del artesonado misteriosos y fugaces destellos. «No me podía dormir.» «Yo tampoco.» Echados de bruces en el suelo para que no se nos viera desde las ventanas, fumábamos en silencio. Entre la piel y el pijama llevaba mi muñeco negro vestido de arlequín, estropeado y sucio, que nadie conocía. Me sacaba el caramelo de bajo el paladar, ensalivado y pegajoso, y lo tiraba. Mi boca olía a menta, y él decía: «¿Qué es lo que masticas, chiclé o un caramelo?». Me avergonzaba cualquiera de las dos cosas, y contestaba: «Es la pasta de dientes, que huele así». Y seguíamos callados, fumando los Muratis de la tía Emilia. A veces él comentaba: «¡Cuándo acabará esto! ¿Quién crees tú que ganará la guerra? A mí me parece que los nuestros, porque son católicos y creen en Dios». «No sé —decía yo—. No sé quién ganará, eso nunca se sabe.» A menudo él recordaba cosas: «Sabes, nosotros teníamos allí una casa muy bonita. Yo iba al colegio...». Hablaba de su tierra y de sus amigos, y yo le escuchaba sin entenderle bien. Pero me gustaba el tono de su voz. Miraba hacia los arcos y el cielo, y pensaba: «Mauricia». (El huerto, la casa de mi padre, el bosque y el río, con sus álamos. ¡El río, con sus remansos verdes y quietos, como grandes ojos de la tierra!) Estábamos tan indefensos, tan obligados, tan —oh, sí— tan lejanos a ellos: al retrato de tío Álvaro, a los Taronjí, al recuerdo de mi padre, a Antonia, al Chino... Qué extranjera raza la de los adultos, la de los hombres y las mujeres. Qué extranjeros y absurdos, nosotros. Qué fuera del mundo y hasta del tiempo. Ya no éramos niños. De pronto ya no sabíamos lo que éramos. Y así, sin saber por qué, de bruces en el suelo, no nos atrevíamos a acercarnos el uno al otro. Él ponía su mano encima de la mía y sólo nuestras cabezas tocaban. A veces notaba sus rizos en la frente, o la punta fría de su nariz. Y él decía, entre bocanadas de humo: «¡Cuándo acabará todo esto...!». Bien cierto es que no estábamos muy seguros a qué se refería: si a la guerra, la isla, o a nuestra edad. A veces, una súbita luz surgía de una habitación, y el foco amarillo y cuadrado caía sobre nosotros. Y sentíamos una súbita vergüenza al pensar que alguien llegara, nos viera y preguntara: «¿Qué hacéis aquí?». Porque, ¿qué hubiéramos podido contestar? Contra todos ellos, y sus duras o indiferentes palabras; contra el mismo Borja y Guiem, y Juan Antonio; contra la ausencia de mis padres, tenía yo mi isla: aquel rincón de mi armario donde vivía, bajo los pañuelos, los calcetines y el Atlas, mi pequeño muñeco negro. Entre blancos pañuelos y praderas verdes y mares de papel azul, con ciudades como cabezas de alfiler, vivía escondido a la brutal curiosidad ajena mi pequeño Gorogó. Y en el Atlas satinado —de pie, medio cuerpo dentro del armario, escondida en su penumbra, oliendo la caoba y el almidón— podía ir repasando cautivadores países: las islas griegas a donde iba Jorge de Son Major, en su desaparecido *Delfín,* escapando, tal vez (¿por qué no como yo?), de los hombres y de las mujeres, del atroz mundo que tanto temía. En mi Atlas seguía, también, la guerra del tío Álvaro, sus ciudades vencidas («Ha caído, ha caído.» «Te Deum...»). La guerra donde mi padre se perdió, naufragó, hundió, con sus ideas malas. La guerra, allí en el mapa, en las zonas aún inconquistadas, lo absorbió como un pantano. Y de él, ¿qué quedaba? (Ah, sí, el pequeño Peter Pan, la Isla de Nunca Jamás, Las desgracias de Sofía... ¿De él? No, no. Él no sabía nada, seguramente de la Isla de Nunca Jamás.) Y el recuerdo —allí, con la cabeza metida en el armario, la cintura doblada, el crujido de las páginas del Atlas en una menuda conversación— sólo llegaba, acaso, en el eco de su voz: «*Matia, Matia, ¿no me dices nada? Soy papá...*». (La pequeña estación de teléfonos del pueblo, y yo, alzada de puntillas, con el auricular negro temblorosamente acercado a la mejilla, y un nudo en la garganta.) ¿Con quién estaba hablando, con quién? ¿Con aquel que se olvidó en un cajón de la casa una maravillosa bola de cristal que nevaba por dentro? *(«Fue de tu papá: le gustaba tanto cuando era niño hacerla nevar...»)* La palabra padre estaba allí, encerrada en aquella bola de cristal blanco, como una monstruosa gota de lluvia que yo aproximaba a mi ojo derecho —el izquierdo cerrado— y, volviéndola del revés, nevaba. Sí, sólo aquella voz: «*¿No me dices nada?*». Y luego, la otra, de Mauricia, en el correo de la tarde: «*Mira lo que te envía papá...*».

(Dentro del armario, estaba mi pequeño bagaje de memorias: el negro y retorcido hilo del teléfono, con su voz, como una sorprendente sangre sonora. Las manzanas del sobrado, la Isla de Nunca Jamás, con sus limpiezas de primavera)... Pero vivíamos en otra isla. Se veía, sí, que en la isla estábamos como perdidos, rodeados del pavor azul del mar y, sobre todo, de silencio. Y no pasaban barcos por nuestras costas, nada se oía ni se veía: nada más que el respirar del mar. Allí, en la logia, apretaba a mi pequeño Negro Gorogó, que guardaba desde lejana memoria. Aquel que me llevé a Nuestra Señora de los Ángeles, que me quiso tirar a la basura la Subdirectora, a quien propiné la patada, causa de mi expulsión. Aquel que se llamaba unas veces Gorogó —para el que dibujaba diminutas ciudades en las esquinas y márgenes de los libros, inventadas a punta de pluma, con escaleras de caracol, cúpulas afiladas, campanarios, y noches asimétricas—, y que otras veces se llamaba simplemente Negro, y era un desgraciado muchacho que limpiaba chimeneas en una ciudad remotísima de Andersen.

Contra todo, al regresar en la *Leontina* —desterrada por ser muchacha (ni siquiera una mujer, ni siquiera) de la excursión al Naranjal—, contra todos ellos, subía a mi habitación, sacaba de bajo los pañuelos y los calcetines a mi pequeño Negro, miraba su carita y me preguntaba por qué ya no le podía amar.

3

Borja era ladrón. No sé cómo adquirió este vicio, o si nació con él. El caso era que Borja no concebía la vida sin sus robos, continuos y casi sistemáticos. Particularmente, dinero. Robaba a su madre y a la abuela con habilidad y sentía un especial goce en el peligro, en el miedo a que le descubriesen. Claro está que la gran confianza que tenían en él, en su inocencia, en su supuesta nobleza, le hacía fácil el camino. Solía robar de la habitación de su madre. La tía Emilia era descuidada y muchas veces dejaba el dinero esparcido sobre la cómoda o sobre cualquier mueble, y luego se quejaba, plañideramente:

—El dinero se va de las manos, no comprendo cómo...

Robar a la abuela era mucho más excitante. Solía guardar el dinero en una cajita de metal, que deformaba nuestras caras y se empañaba con la respiración. La tenía en un estante del armario y ponía siempre encima, como si quisiera protegerla, el Misal y el estuche con el Rosario de las Indulgencias, traído de su viaje a Lourdes. Al lado, como un centinela, colocaba una botella de cristal llena de agua milagrosa, de la que de cuando en cuando bebía un trago. La botella tenía la forma de la Virgen, y su corona se desenroscaba a modo de tapón. Borja tenía que subirse a una silla —el estante resultaba demasiado alto para él, que era de corta estatura— y manipular largamente. Primero, apartar la Botella-Imagen, luego quitar el Misal y el estuche, y por último, darle la vuelta a la llave de la caja, abrirla y sacar el dinero. Los billetes estaban por lo general, doblados como librillos, y debía entretenerse en extraerlos cuidadosamente y en volver a dejarlos en su lugar, para que no se notara. En el pasillo, junto al reloj de carrillón, yo hacía la guardia, vigilando la escalera por si se oían las pisadas de la bestia. En estos casos, como recompensa a mi ayuda, participaba del botín. Gran parte de él era invertido en cigarrillos de Es Mariné y en caramelos de menta para borrar sus huellas.

La abuela solía meter su dedazo huesudo en mi boca, como un gancho:

—A tu edad ya no se comen caramelos, ¿no te da vergüenza? Además, se estropean los dientes.

Una de las cosas más humillantes de aquel tiempo, recuerdo, era la preocupación constante de mi abuela por mi posible futura belleza. Por una supuesta belleza que debía adquirir, fuese como fuese.

—Es lo único que sirve a una mujer, si no tiene dinero.

La belleza, pues, era el único bien con que podía contar en la vida. Sin embargo, aquella belleza era todavía algo inexistente y remoto, y mi aspecto dejaba bastante que desear, en el concepto de mi abuela. Para empezar, me encontraba escandalosamente alta y delgada. Tía Emilia —decía ella— no fue hermosa, pero sí rica, y se casó con el tío Álvaro (hombre, al parecer, importante y adinerado). Mi madre fue muy guapa, y rica, pero se dejó llevar por sus estúpidos sentimientos de muchacha romántica, y pagó cara su elección. Mi padre —decía— era un hombre sin principios, obsesionado por ideas torcidas, que le hicieron gastar en ellas el dinero de mi madre y que arruinaron su vida familiar. «Hombres así no debían casarse nunca. Siembran el mal a donde van.» Afortunadamente, según ella, aquel matrimonio duró poco: mi madre murió antes de que las cosas tomaran un giro escandaloso. Había, pues, que tener también cuidado con la belleza y con el dinero, armas de dos filos.

La abuela se preocupaba mucho por mis dientes —demasiado separados y grandes— y por mis ojos («No mires así, de reojo.» «No entrecierres los párpados.» «¡Dios mío, a esta criatura se le desvía el ojo derecho!»). Le preocupaba mi pelo, lacio hasta la desesperación, y le preocupaban mis piernas:

—Estás tan delgada... En fin, supongo que es cosa de la edad. Hay que esperar que te vayas transformando, poco a poco. De aquí a un par de años tal vez no te conozcamos. Pero me temo que te pareces demasiado a tu padre.

Sentada en su mecedora, escrutándome con sus redondos ojos de lechuza, me obligaba a andar y a sentarme, me miraba las manos y los ojos. (Me recordaba a los del pueblo, los días del mercado, cuando compraban una mula.) Criticaba el color tostado de mi piel y las pecas que me nacían, por culpa del sol, alrededor de la nariz.

—¡Siempre al sol, como un pillete! Dios mío, qué desastre: boca grande, ojos separados... ¡No achiques los ojos! Se te formarán arrugas. Levanta los hombros, la cabeza... Muérdete los labios, mójalos...

En aquellos momentos la odiaba, no podía evitarlo. Deseaba que se muriese allí mismo, de repente y patas arriba, como los pájaros. Con el bastoncillo de bambú me reseguía la espalda y me golpeaba las rodillas y los hombros.

—Algún día me agradecerás todo esto... Puedes irte.

Detrás de aquel «puedes irte» aguardaban las declinaciones latinas, la traducción de Corneille, o la lectura en voz alta del Niño del Secreto, el pequeño Guido de Fontagalland, para que ella no se fatigase la vista, y escuchase —o fingiese escuchar— sentada en su mecedora, junto a la ventana. Hurgando, con sus prismáticos de teatro, en las ventanas de su monstruoso juguete del declive. Cerca de su mano, la caja de rapé y el bastoncillo, resbalando lentamente.

Prefería el castigo a aquello. De pronto echaba a correr, sin hacer caso de su voz:

—¡Matia! ¡Matia! ¡Vuelve en seguida!

Aunque no estuviera Borja, me marchaba por el declive abajo, hasta el mar, a sentarme, malhumorada, entre las pitas. Rondaba, como un perro miserable, por fuera de los muros del declive, con mi sombra como una rastra. Huía, hacia algún lado donde estuviera a solas, lejos.

—Puedes irte...

Salía de la habitación, mirando por encima del hombro, de través, como a ella le molestaba tanto. En el dedo ganchudo de la abuela quedaban restos de mi caramelo, que se limpiaba cuidadosamente con el pañuelo.

Entonces, si no estaba Borja —traidor, traidor, se fue al Naranjal, sabiendo que a mí no me lo permitían; se fue sabiendo que yo me quedaría allí, fingiendo indiferencia, tragándome la humillación apoyada en el muro, con las piernas cruzadas, mordiendo cualquier cosa para que no se me notasen las ganas de llorar— yo me quedaba entre las garras de la abuela, con la estúpida tía Emilia, que fumaba en su habitación, que bebía coñac a hurtadillas (ah, sus ojuelos sonrosados), esperando, esperando, esperando, con su gran vientre blando, el regreso del feroz tío Álvaro, que, según Borja, fusilaba hombres al entrar en los pueblos, a quien Borja no había dado jamás un beso ni mirado a los ojos, que le castigaba con días enteros a pan y agua si traía malas notas del colegio de Cristo Rey. El tío Álvaro. Quedaba de él una caja de habanos, que me acercaba a la nariz y aspiraba con los ojos cerrados; un correaje con hebillas de plata, los arneses del caballo y su silla de montar, lleno todo de polvo, en el patio. Y aquellos látigos, colgados en la pared, que estremecían sólo de mirarlos:

—Eran del abuelo.

—¿Y del tío Álvaro?

—Bueno... también los usaba cuando venía.

(Porque el tío Álvaro no era de la isla. Borja siempre lo decía: «Somos navarros». Y tenían en su tierra aquella casa tan grande con un patio y cuadras con caballos. «Aquello sí que era bonito», decía Borja, suspirando. «Pero a ti la abuela te quiere mucho, Borja. No es como a mí. Tú vas a heredar esta casa...») Y aquellos látigos colgados junto a la ventana de la cocina, donde me subí cuando oí comentar a Ton: «Los hombres estaban como animales... ella me defenderá». Aquellos látigos, ¿cómo podían pertenecer a nadie más que a tío Álvaro, con su afilada cara de cuchillo, con su boca torcida por la cicatriz? Borja, pareciéndosele, ¿cómo podía ser tan guapo y suave? Sin embargo, también Borja tenía a veces su misma forma de mirar, de torcer la boca, su expresión de filo dañino.

El último día que Borja fue al Naranjal, dijo la abuela, después de comer:

—Voy a retirarme. Matia, sube un rato a echarte. Te conviene reposar después de las comidas, lo ha dicho el padre de Juan Antonio.

Desde hacía una semana, o poco más, instituyeron, por culpa del padre de Juan Antonio, esta odiosa costumbre. La hora de la siesta, cuando todos descansaban, era mi preferida. Recuerdo que hacía mucho calor. Estaban las ventanas abiertas y ni la más ligera brisa empujaba las cortinas. En el jardín, sobre los árboles, flotaba un polvo brillante, entre el zumbido de los insectos. La tía Emilia se levantó, y dijo:

—Subiré a escribir unas cartas.

Siempre tenía que escribir cartas, un terrible fajo de cartas, que yo suponía enviaba al frente. A veces decía:

—Ven conmigo, Matia.

Aquella tarde también. Yo aborrecía subir con ella, pero no me atrevía a negarme. La habitación de la tía Emilia era muy grande, con una salita contigua. La enorme cama de matrimonio, butaquitas tapizadas de rosa, el pesado armario, el tocador, la cómoda, los visillos corridos, y el sol. El sol, de pronto, que llameaba como mil abejas zumbando en el balcón. El sol pegado a la tela blanca y transparente, arrojando su resplandor sobre la cama, con sus cuadrantes blancos que olían a almidón y manzanas.

La tía Emilia se quitó el vestido, se puso «fresca», como ella decía, con una horrible bata de color verde pálido, arrugada y empapada de un perfume viejo que mareaba, como todo lo de aquella habitación. Había allí algo, que no acertaba a definirme; algo cerrado, con los visillos corridos para que no hiriese la furia del sol, en aquella hora como acechante y cargada; algo dulzón y turbio a un tiempo. De mala gana me quité las sandalias y el vestido (la eterna blusita blanca y la execrable falda tableada), y tía Emilia me trenzó el cabello, arrollándomelo en lo alto de la cabeza.

—Anda, échate y procura dormir. Nada de historietas, caramelos ni de chicle: te lo puedes tragar.

Me eché sobre la cama, disimulando mi mal humor y respirando aquel antipático perfume —además, unos jazmines, sobre el tocador, expelían su aroma—, y echada, con los ojos abiertos, y mirando el techo, oí cómo chirriaban las cigarras en el declive. Era espeso y obsceno aquel cuarto, como el gran vientre y los pechos de tía Emilia. La vi cómo iba al armario y se servía coñac, en una copa de color rubí, hermosísima. Fingí cerrar los ojos, mirándola por entre los párpados. Bebió el coñac de un golpe y luego fue al lavabo, abrió el grifo –todas las cañerías empezaron a gemir, a soplar, como si barbotearan maldiciones– y enjuagó la copa. Después encendió un cigarrillo, se derrumbó en la butaca y ojeó las revistas que le solía prestar Mosén Mayol y que no leía nunca. De pronto, algo raro hubo allí. Era como si alguien hubiera colgado en la pared los látigos y los arneses del patio. Algo brutal y cruel llegaba y rasgaba en dos la quietud del cuarto de tía Emilia (acaso el recuerdo del tío Álvaro), por alguna cosa que ella decía:

–Tu tío...

Medio echada en su butaca, alargaba el brazo hacia el balcón y levantaba la cortina, por donde entraba un vívido fajo de sol, como una espada de oro. Observé su perfil fofo, sus ojeras, y me dije: «¡Qué pena da! Está perdiendo algo». Y por mi confusa imaginación galopaban ideas extrañas, del tío Álvaro y de ella, debido a algunas conversaciones que escuché a Juan Antonio y Borja. Cosas que yo fingía conocer bien, pero que me resultaban aún oscuras y llenas de misterio. Sentí algo parecido al miedo, entonces, y me arrinconé a un lado de la cama. Porque allí, a la derecha –aún lo estoy viendo– estaban los cuadrantes, con sus fundas bordadas, oliendo fuertemente a plancha, y me dije: «Esa almohada es la del tío Álvaro, ése su sitio. Siempre está esperándole la tía Emilia». Y algo que no era exactamente miedo me recorrió la espalda. Algo como una extraña vergüenza, acordándome de las cosas que Borja y Juan Antonio contaban de los hombres y de las mujeres. Y me dije: «No, acaso eso sea otra mentira».Y deseé que la muerte también fuera un embuste. Cerré los ojos. La tía Emilia guardaba las cartas en una caja de madera, las sacaba una a una, y las releía; y me parecía que también de aquella caja brotaba el intruso olor, a cuero y a cedro, del tío Álvaro. Y me sentía ajena a aquel mundo. Había llevado a Gorogó conmigo, lo tenía escondido entre el pecho y la combinación, y en aquel momento la tía Emilia dijo:

—¿Qué estás escondiendo ahí?

—¡Nada!

Se acercó y consiguió quitármelo, a pesar de que me eché de bruces sobre la cama, para protegerlo. Le dio vueltas entre las manos. Seguía boca abajo, para que no viera qué encarnada me ponía (hasta sentía cómo me ardían las orejas). En lugar de burlarse dijo:

—¡Ah, es un muñeco!... Sí, yo también dormía con un muñeco, hasta casi la víspera de casarme.

Levanté la cabeza para mirarla, y vi que sonreía. Se lo quité de las manos y lo volví a poner bajo la almohada, pensando: «No es eso, ya no duermo abrazada a Gorogó —en realidad no dormí nunca con él, sólo con un oso que se llamaba Celín—. Éste es para otras cosas; para viajar y contarle injusticias. No es un muñeco para quererle, estúpida». Pero ella dijo:

—Siempre me pides cigarrillos, y ahora resulta que aún juegas con muñecos.

Me puso la mano en la cabeza y me despeinó el flequillo. Fue hacia la cómoda y sacó un Murati de su cajita (donde había dibujado un jardín de invierno, con macetas de palmeras y un señor vestido de esmoquin, con las piernas cruzadas, y fumando, muy cursi). Me lo puso en los labios, sonriendo. Ella misma lo encendió y dijo:

—Tu madre y yo nos queríamos mucho, Matia. Anda, sé buena chica: fúmate este cigarrillo. Ya ves que soy comprensiva. Pero luego cierra los ojos y procura dormir.

Miró su relojito de pulsera y añadió:

—Te doy diez minutos para fumar. Pero luego reposa, aunque sea sólo durante media hora. Después, si no haces ruido al bajar la escalera, prometo dejarte marchar.

Volvió a servirse otra copa, y se tumbó en la butaca, con sus cartas. Los jazmines amarilleaban y sobre la cómoda, en el fanal, flores y flores se amontonaban junto a las imágenes de San Bruno y Santa Catalina.

La tía Emilia se adormecía en la butaca extensible, que en los días de primavera sacaban al jardín y que estaba quemada por el sol. Aún no había terminado su cigarrillo y se quedó dormida, derrumbada. Recuerdo que hacía mucho calor —estábamos a últimos del mes de agosto— y que zumbaba una mosca, atrapada entre la cortina y el cristal. El olor del sol encendía las paredes, arrancaba un espeso perfume a la caoba brillante de la cómoda, el picante aroma de los santos y las flores y mezclado al de los polvos de la tía Emilia y a un sutilísimo aroma de coñac. Sentía en el paladar y la lengua el sabor dulzón y exótico del cigarrillo turco y entre los labios el brillo de oro del emboquillado, que apenas me atrevía a sostener, asombrada de fumar ante ella. Me incorporé despacio, para no sobresaltarla. Estaba tendida, con el brazo blanco y macizo, en la penumbra rosa y oro de la habitación. En el cenicero de cristal verde, se consumía una colilla. Y la mosca, apresada entre los pliegues del visillo y el cristal, sin poder escaparse.

Me incorporé poco a poco, ladeándome para mirarla. Era como asomarse a un pozo. Como si de pronto tía Emilia se hubiera puesto a contarme todos sus secretos de persona mayor, y yo no supiera dónde esconder la cara, llena de sobresalto y de vergüenza. Verla así, abandonada, con la boca doblada hacia abajo y los ojos cerrados (uno más que otro y con un resplandor vidrioso entre el párpado derecho y la mejilla), sumida en su tristeza, me confundía. La carne se le salía de la bata, y contemplé las piernas extendidas, con la falda levantada sobre el tobillo derecho y el pie descalzo. («¿Para qué se barniza las uñas?») Miré mis piernas delgadas y oscuras, arañadas, mis pies largos de santito —como Borja—, con las uñas cuadradas y rapadas (una azuleando por un golpe y partida, que me dolía si la apretaba con el dedo) y me dije: «Yo también me barnizaré las uñas». Pero, «¡Qué lejos todo!». Sería en otra vida, casi en otro mundo, cuando yo sintiera lo mismo que la tía Emilia, con sus Muratis y sus cartas, y su espera blanca y fofa, dormida en el sopor, buscando el coloquio triste con la copa rubí, llena del coñac celosamente oculto en el armario y sin importarle gran cosa la guerra. Sólo que él ganara, pensaba yo, y que volviera, para ver sus uñas tan pulidamente barnizadas. «Tan gorda no le gustará.» Pero sentí vergüenza de pensar aquello. Me deslicé al suelo, procurando no hacer ruido ni mover las hojas chillonas de las revistas y diarios esparcidos a su alrededor. Puse el pie sobre la alfombra con mucho cuidado, buscando las sandalias. Pasé sobre las piernas extendidas de la indefensa mujer que tan impúdicamente me revelaba oscuras cosas de personas mayores. Me acerqué a la cómoda y cogí la copa rubí. Con ella en alto miré en el espejo mis hombros delgados, tostados por el sol, donde resaltaban los tirantes blancos y los mechones de pelo, escapándose de las trenzas mal anudadas por tía Emilia, con el oro del sol como una aureola. Los mechones rojizos me trajeron un pensamiento: «A contraluz parezco pelirroja como Manuel, y todo el mundo se cree que soy morena». Hice una mueca para verme los dientes, que la abuela temía se estropearan a fuerza de dulzones y perfumadísimos caramelos de menta: «No soy una mujer. Oh, no, no soy una mujer», y sentí como si un peso se me quitara de encima, pero me temblaban las rodillas. Metí la lengua dentro de la copa roja, furiosamente. (Pero la muy condenada, maldita sea, qué bien la había enjuagado.)

Lo más difícil —como cuando Borja robaba el dinero de la caja de la abuela— era abrir la puerta en silencio. Para eso, Borja y yo aprendimos a untar con una pluma de gallo empapada de aceite las bisagras de las habitaciones de las fieras.

Gorogó se había caído a la alfombra, patético, con los brazos en cruz y la cara negra contra el suelo. Lo recogí y lo metí de nuevo en mi pecho, enredándole la cabeza en la cadenita de la medalla. Cogí rápidamente la ropa, entré en la salita contigua y me vestí. Aún con las sandalias en la mano, salí afuera. En el extremo del pasillo, el tictac del reloj de carrillón cortaba el silencio. Mi sombra me persiguió, alargada, hasta la escalera. Me senté en el primer escalón y me calcé las sandalias. Hacía tanto calor que parecía respirar dentro del vaho de un sueño. (Y bien cierto es que durante mucho tiempo —y aún ahora, en este momento— recordé aquella tarde como en el fondo de una gran copa, con los ruidos amortiguados. Y en aquel sofocante silencio sólo oía las voces y las palabras de la primera conversación de Manuel y mía. Únicamente la voz de Manuel y la mía propia mezcladas. Y los ojillos penetrantes de aquel lagarto verde —tan cerca de nuestras cabezas, como un monstruo— mirándonos entre la hierba, tendidos los dos en la tierra del declive.)

Al salir al patio, el sol levantaba una furia blanca de las paredes, y, bajo los arcos, las sombras se volvían de un húmedo y compacto vapor. Me detuve junto a los aperos de Es Ton, y oí la voz de Lorenza:

—¿Cómo vamos a negársela?

Y Antonia:

—Dásela y que no se entere nadie... Que no diga de dónde la sacó ni a su misma madre.

Entonces salieron los dos, Manuel detrás de Lorenza. Dieron la vuelta. Lorenza llevaba la llave en la mano y doblaron la esquina amarilla de la casa.

—¿A dónde van, Antonia? ¿Qué quería Manuel?

—Agua para beber... Les han matado al perro y se lo han echado al pozo.

—¿Quién?

Se encogió de hombros y siguió inclinada sobre la costura.

—Cualquiera sabe.

Aparté la vista de su boca fruncida, llena de alfileres. Seguí los pasos de Lorenza. Iban al pozo del huerto, en el principio del declive.

Estuve apoyada en uno de los olivos, viéndoles. De allá abajo subía el resplandor verde del mar, entre las pitas. Los árboles, a contraluz, parecían negros. Manuel estaba inclinado sobre el pozo y Lorenza echó el cubo. Oí el ruido del agua. Era un ruido hermoso, como de fría plata, en el ardiente silencio. «Les han echado un perro muerto.» Miré mis pies. Descuidadamente, con el reborde de la sandalia, iba trazando rayas en la tierra. «Olerá espantosamente mal. No podrán beber y ha venido a pedir agua.»

—¿No sabes quién fue? —preguntó Lorenza, en su idioma.

Él no contestó, abocado al pozo. Sus brazos morenos brillaban al elevar la cuerda. El dragón de piedra —decía el Chino que era del siglo XII—, parecía reírse entre el musgo.

—Saca la que quieras —dijo Lorenza, en voz baja—. Pero que no te vean, no digas nada a nadie...

Dio la vuelta y se marchó. Yo seguí quieta, amparada por el olivo. Manuel sacaba el agua y la echaba en su cántaro. Era un cántaro esmaltado de verde y muy grande. «Un perro muerto es algo horrible —me dije—, algo que no se puede soportar.»

4

Tal vez lo que me desconcertó fue que no estuviese furioso. Al oír mis pasos levantó la cabeza, y recuerdo —tan claramente como si sucediese ahora mismo a mi lado— el chirrido de la polea, y la turbia humedad que brotaba del pozo. Una humedad caliente como el aliento de la tierra. Dije: «Está el agua muy fría», o algo parecido. Quizá fue algo aún más banal, pero conseguí que volviera la cabeza y me mirara. Conocía su nuca tan tostada de verle inclinado en el huerto. Al volver su cara hacia mí, pensé: «Nunca me había mirado». Aquella tarde, al llevarse la barca, no nos miró ni a mí ni a Borja. (Me vino de golpe el olor del patio de la alcaldía, en la mañana que volvían de enterrar a José Taronjí, y el sol entre la parra, y, sobre todo, algo como un deslumbramiento. Tal vez, aquel enjambre de luces, verde, oro y rubí por entre los crueles cascotes de vidrio, al borde del muro.)

Serían apenas las tres y cuarto, creo yo, a todo sol, rodeados por las hojas quemadas. La ceniza verdosa cubría el dragón, como una lluvia de años. Manuel poseía una faz delgada y dura. Y los huecos profundos de los ojos, y el brillo de madera gastada de aquel rostro, parecían quemarse bajo el sol. Tenía los ojos profundamente negros, con la córnea azulada. Nunca vi ojos como los suyos, que hacían olvidar —y lo he olvidado, es cierto— el resto de sus facciones. Y, cosa extraña que jamás me ocurrió con Borja, ni Guiem, ni Juan Antonio (que siempre me zaherían y trataban de humillarme), al mirarme aquel muchacho (a quien nadie estimaba en el pueblo, hijo de un hombre muerto por sus ideas pecadoras), me sentí ridícula, insignificante. Noté una ola de sangre en la cara, y me vino agolpadamente a la memoria el eco de mis fanfarronas bravatas, el aroma de mis Muratis, mis aires de superioridad y hasta mis caramelos de menta, como algo idiota y sin sentido. No supe qué más decir. Sólo mirarle y quedarme —de pronto me daba cuenta— con una mano incongruentemente extendida hacia él, notando lo insólito de mi presencia; la nieta de la vieja Práxedes, prima de Borja, con Nuestra Señora de los Ángeles detrás. Pensé: «No está furioso». Sólo había en él una oscura tristeza, no por sí mismo enteramente, sino que, acaso, también por mí; como si me abarcase y me uniera a él, apretujándome (como apretujaba yo, dentro de la mano, una redonda y fría bola de cristal en la que nevaba por dentro). En aquella tristeza cabían mis trenzas mal atadas, que se deslizaron hacia atrás y me rozaban la nuca; mi blusa mal metida dentro de la falda; mis sandalias con las tiras desabrochadas, por la precipitación de salir; y aquel sudor que me bañaba.

—Me parece mal —dije. Y noté que mis labios temblaban y que decía algo que no pensé hasta aquel momento, algo aún confuso—. Me parece una cosa horrible lo que os han hecho.

Y en medio de una extraña vergüenza, como si se abriese paso en mí la expiación de confusas, lejanísimas culpas que no entendía pero que lamían mis talones (cometidas tal vez contra todo lo que me rodeaba, sin excluir al Chino, a Antonia, ni, tal vez, al mismo Guiem; culpas y sentimientos que no deseaba reconocer, como el temor o amor a Dios), me pareció que una delgada corteza se rompía, con todo lo que me obligaban a sofocar, Borja con sus burlas, la abuela con sus rígidas costumbres y su pereza y despreocupación de nosotros y tía Emilia con su inutilidad pegajosa. De pronto, me levanté de entre todo aquello. Era solamente yo. «¿Y por qué, por qué?», me dije. En aquella siesta de la tierra, en el momento en que un perro muerto infectaba el agua de un pozo, era yo, solamente yo, sin comprender cómo, en un deslumbramiento desconocido (sólo posible a los indefensos catorce años). Y añadí:

—Me parece muy mal lo que os han hecho, lo que están haciendo en este pueblo, y todos los que viven en él, cobardes y asquerosos... Asquerosos hasta vomitar. Les odio. ¡Odio a todo el mundo de aquí, de esta isla entera, menos a ti!

Apenas lo dije, me sorprendí de mis palabras, y noté que mi cara ardía. Tenía la piel tan encendida como si todo el sol se me hubiera metido dentro. Y aún me dije, confusamente: «Pues no he bebido vino. Ni siquiera había una gota de coñac en la copa de tía Emilia». Él seguía mirándome, sólo mirándome: sin sorpresa, sin odio, ni burla, ni afecto. Como si todo lo que veía y lo que oía, se lo explicasen, al cabo de años y años, de otras personas que no fuéramos él y yo. Brillaba su pelo cobrizo, quemado por el sol y el aire. Un polvo sutilísimo cubría sus tobillos y pies, calzados con sandalias de fraile. Y también su rostro. Continué:

—¡No sé lo que daría por marcharme de aquí!... ¿Quieres que te ayude a llevar el agua?

Fue por su silencio que me di cuenta de la dureza de mi voz y de cómo se quedaba prendido a mi alrededor el eco de mis palabras, como una granizada.

Él dijo:

—No, no...

Al hablar pareció despertar de algo —quizá, como yo misma, de algún sueño— y bajó los ojos. Nos quedamos uno frente del otro, con el gran cántaro entre los dos, y como avergonzados. Con desolación por mis catorce años y por todo lo que acababa de decirle a aquel muchacho que nos pidió la barca para llevar el cuerpo de su padre (asesinado por los amigos o, a lo menos, partidarios de mi abuela). Había tanta confusión en mí, estaban tan torpes mis ideas, que sentí un gran pesar. Recuerdo el zumbido de una abeja, los mil chasquidos de entre las hojas, allí al lado, en las varas del huerto. Di media vuelta arrastrando ridículamente los pies, para que no se me cayesen las sandalias.

Ya me iba, iba a salir de allí, cuando por fin me llamó:

—¡No, no es eso! —dijo—. No te vayas así...

Estaba mirándome con un aire tan cansado, que pensé: «Éste también es mucho mayor que yo, que todos nosotros: pero de otra manera que Guiem». (A pesar de que dijo el Chino que apenas tenía dieciséis años.) Sabía que Manuel estuvo con los frailes, y había algo monástico en él, quizá en su voz, en sus ojos.

Levantamos la cabeza. Una paloma, de las que criaba la abuela, cruzaba sobre el declive. Su vuelo parecía rozar el techo del aire. Su sombra cruzó el suelo, y algo tembló en ella. Como una estrella fugitiva y azul.

—¡Si la abuela me viese! Muchas veces me escapo a esta hora... sobre todo si Borja se marcha al Naranjal. ¡Son unos puercos, no me quieren llevar con ellos!

Llena de rabia le expliqué lo del Naranjal; y era como si una corriente de agua fría se abriese paso (o como una vez que Mauricia me abrió con su navajita la infección de un dedo, y me quedé tranquila y sin fiebre). Iba contándoselo, abrochándome las sandalias, metiéndome la blusa por la falda. Y él seguía quieto, en silencio. Cuando callé, me pareció que no se atrevía a coger el agua e irse, ni a quedarse. Al ver su indecisión, de nuevo me entristecí: «No quiere ser amigo mío —me dije—. Tiene miedo de la abuela. Cree que no lo consentiría. Aunque, acaso...». Pero yo misma tenía miedo de pensar: sólo deseaba dejarme llevar por aquel río dulce que parecía empujarme sin remedio.

—No pierdas tiempo. Te acompaño.

Hice ademán de coger el cántaro, pero él se me adelantó. Sin decir nada, salió del huerto. Yo fui detrás, y me pareció que no se atrevía a volver la cabeza para ver si le seguía. Mientras bajaba por el declive, contemplé su espalda. Llevaba una camisa blanca, manchada por la tierra, y un pantalón azul. Sus tobillos desnudos, y sus pies, calzados con sandalias, eran de un tono castaño, opacos por el fino polvo que los cubría.

Su casa se alzaba en la parte baja del declive, ya muy cerca del mar. Tenían unos pocos olivos, algo apartados, y, hacia la derecha, media docena de almendros. La puerta del huerto, quemada por la sal y el viento, estaba siempre abierta (al contrario que en nuestra casa, donde todo permanecía obstinadamente cerrado, como oculto, como guardando celosamente la sombra). En cambio, en la casa de Manuel el sol entraba por todos los agujeros, de un modo insólito, casi angustioso. La casa, el huerto y los árboles de Manuel Taronjí, pertenecieron antes a Jorge de Son Major. Decían que Malene y el señor de Son Major vivieron, hacía tiempo, como marido y mujer. Eso al menos decía Borja. Me hacía daño, de pronto, saberlo; un daño extraño y sin sentido alguno. Las tierras de los Taronjí eran tierras intrusas en el declive de mi abuela. Me parece que la abuela tampoco les quería, pero por lo menos no les nombraba nunca. Tal vez no les odiaba, sólo les despreciaba. Porque ella siempre despreciaba estas cosas: lo de Malene y

Jorge de Son Major. Ahora, José Taronjí había muerto, y su hijo, que nunca había trabajado la tierra, tenía la nuca quemada por el sol, y estaba sumido en el largo fuego de la tierra, como empapado de algo para mí inalcanzable y hermético. Me acordaba de la expresión de airado temor de Borja, cuando nos quitó la *Leontina* y se la llevó. Y yo por qué, si ni siquiera le conocía —¿realmente, no le conocía?— sentía aquel afán de decir a Manuel cosas y cosas que jamás habrían oído Borja, ni Juan Antonio. Decirle, quizá tan sólo: «No entiendo nada de lo que ocurre en la vida ni en el mundo, ni alrededor de mí: desde los pájaros a la tierra, desde el cielo al agua, no entiendo nada». Aquel mundo con que todos me amenazaban, desde la abuela al Chino, como un castigo. «Que el mundo sea atroz, no lo sé: pero al menos, resulta incomprensible.» Y mirando la espalda y la nuca de Manuel y su pelo color de fuego, me decía: «Si éste supiera algo de mi Gorogó... ¿lo entendería?». Era extraño aquel muchacho, aquel pobre muchacho, un chueta de la clase más baja del pueblo, con un padre asesinado y una madre de fama dudosa. ¿Por qué me importaba tanto? «Estas cosas ¿por qué serán?»

Al llegar a la puerta de su huerto se volvió a mirarme. Y entonces me di cuenta del brillo de sus enormes ojos negros, un brillo fiero, que me dejó inmóvil, sin ánimo de atravesar la puerta abierta. Y me dije que acaso él pensara: «Alto ahí, pequeña histérica, éste es mi reino, aquí soy yo el señor: vuelve atrás, a tu casa, con tu vieja malvada y egoísta, con tus hipócritas, con tus malvados encubiertos. Vuelve a tu cerrada casa de rincones mohosos, con ratones que huyen como alma en pena y tu vajilla de oro, regalo del rey. Anda, vuelve, vuelve: esta otra es mi casa, y nunca la podrás entender, estúpida y ridícula criatura». Me quedé muy quieta, y busqué a Gorogó, que estaba muy atento también, bajo la blusa, sobre mi apresurado corazón. «Tonta criatura, vuelve a tus cigarrillos y tus borracheras de niños malcriados, vuelve a tus declinaciones y tus traducciones francesas, a tus lecciones de gracioso andar, bajo el bastoncillo de bambú. Vuelve, vuelve, que te casarán con un hombre blando y seboso, podrido de dinero, o con un látigo bestial, como el tío Álvaro.» Sobre nosotros huían las palomas hacia Son Major, y sus sombras eran como una lluvia de copos oscuros, fugitivos, sesgados en el suelo, corriendo por entre nuestros pies como hojas empujadas por el viento. Sentí miedo como aquel día, como aquella mañana bajo la higuera, con el majestuoso gallo de Son Major mirándome colérico.

En aquel momento Manuel dijo:

—¿Me esperas...?

Y cuando desapareció tras el muro, yo aún decía que sí —verdaderamente, pequeña histérica, pequeña tonta— moviendo la cabeza de arriba abajo como Gorogó.

5

—Al principio viví con ellos —le dije, echada en el suelo, entre los almendros—. Por lo menos, algo me acuerdo de eso... pero era muy pequeña. Dicen que mi abuela no quería nada con mi padre. Y ellos vivieron juntos bastante tiempo. Pero, por lo visto, luego se divorciaron...

—Qué pena —dijo Manuel en voz baja.

Estaba también de bruces sobre la tierra, muy juntos el uno del otro. Sólo de cuando en cuando nos atrevíamos a mirarnos. Hablé muy bajo, y al volver la cara hacia él sus ojos estaban muy cerca. Noté mi corazón golpeando contra la tierra, y me pareció que también oía el suyo:

—Pena, ¿por qué? yo no me acuerdo de nada... de casi nada... Me llevaron al Colegio, era en Madrid, y el Colegio se llamaba Saint Maur, y estaba en la calle del Cisne... Cuando volvía a casa, nunca estaban ellos. Nunca, ni él ni ella. ¡Pero no me importaba! Además, tenía a Gorogó.

Y él —nunca lo hubiera imaginado— tenía a Gorogó entre sus manos. En sus manos morenas, con callos nuevos y arañazos (no estaba acostumbrado a la tierra), sostenía a mi pequeño negro. Le daba vueltas entre los dedos, lo miraba, y seguramente no lo entendía —¿qué más daba?—. Me escuchaba serio, callado, con sus grandes ojos brillando en la sombra de los árboles. Allá abajo, detrás de nosotros, se oía la solemne respiración del mar. Por nuestra espalda subía la luz, verde y ocre, lanzándose sobre la tierra del declive. Entre las sombras inclinadas de los árboles, la luz nos resbalaba a lo largo del cuerpo. Era como un sueño largo y espeso, que nunca se repetiría. Un verde resplandeciente nos bañaba, y allá arriba, el oro furioso y rojo del gran sol parecía acecharnos. Sabíamos que el sol no podría con nosotros, mientras estuviéramos así, echados uno junto a otro y sin atrevernos casi a mirarnos. De reojo, como no quería la abuela que mirase, veía su oreja ambarina cubierta por una suave pelusa, como una caracola a la que sentía el deseo de acercar mi propia oreja, para oír su mar. Y por eso le dije tantas cosas. En voz baja, como si fuera sólo para mí o Gorogó:

—Y luego, ella se murió. Pero yo estaba en el colegio, y casi no me acuerdo... Mauricia, sabes —fue el aya de mi padre—, me preparaba la merienda, y me contaba muchos cuentos. Era muy vieja. Y cuando ella se murió...

Y yo decía «ella» y «él», y Manuel nunca, nunca, me preguntó quiénes eran «ellos». Nunca me preguntó nada, nunca intentó sonsacarme nada: sólo escuchaba así, a mi lado, silencioso. (Como un animalillo perdido, igual que yo.)

—Cuando se murió ella, él me mandó con Mauricia al campo. ¡Pero aquélla era una tierra muy diferente!

Manuel dijo, también en voz baja, y sin mirarme:

—¿Te gustaba?

—Sí.

¡Me gustaba tanto! (Y me callé y me vino de golpe todo, los bosques y el río, y un nudo en la garganta. Y

Andersen, y Alicia en el espejo, y Gulliver... Y un capitán de quince años, y aquellos ríos enanos, trazados con un palo en el barro. Los ríos que yo creaba para los gnomos, en la tierra mojada de la acequia. Y aquellas flores amarillas, con forma de sol, que ponía en las cerraduras de las puertas, y los gritos de los cuervos, que repetía el eco, en las cuevas; y la voz de Mauricia: «*Soy un cuervito, muy pequeñito sin pan* ni *sal...*» «*Matia, ha llegado* un *paquete de papá*».)

—Tenía —le dije— un teatro de cartón.

Levantó la cabeza:

—Ah, yo también. *Él* me lo envió...

Me volví a mirarle. Estaba muy pálido, y dijo precipitadamente:

—También me enviaba libros. Me gustaba mucho leer. Eran casi siempre libros de viajes. ¡*Él* había viajado tanto! Se pasó la vida en su barco viajando por las islas.

Su brazo se levantó, como trazando en el aire una imaginaria ruta. Le miré, con la sangre agolpada en la cara, y un loco deseo de decir: «No, no me descubras más cosas, no me digas oscuras cosas de hombres y mujeres, porque no quiero saber nada del mundo que no entiendo. Déjame, déjame, que aún no lo entiendo». Pero a él le pasaba igual que a mí: como la infección curada con la navajita de Mauricia. Estaba de perfil, nimbado por la luz verde de los almendros. Como pequeños animales contra la tierra pedregosa, nos deslizábamos hacia abajo, por la pendiente del declive. Sólo en aquel momento me di cuenta de que insensiblemente, resbalábamos hacia abajo. Había algo como una amenaza a nuestras espaldas. Y añadió:

—Me enviaba recuerdos de todos aquellos países...

Y de un tirón, como si la respiración se le acabase:

—Y le gustaba... decía él, que yo sería igual, acaso. Pero a mí me daba miedo, y algunas veces pensé si no me quedaría para siempre en el Monasterio, con los frailes.

Entonces su mano se levantó y cayó sobre la mía. Me apretó la mano contra la tierra, como si me quisiera retener, para que no cayera allá abajo, a la gran amenaza. Al vértigo azul y espeso, alucinante, que yo sintiera desde la plazuela donde quemaban a los judíos, sobre el acantilado. Como si con él, con su mano, con mi infancia que se perdía, con nuestra ignorancia y bondad, quisiera hundir nuestras manos para siempre, clavarlas en la tierra aún limpia, vieja y sabia.

—Ah, ¿sí? —dije, con un hilo de voz, que sólo muy cerca de mí podía oírse. Y tal vez no la oyó, porque continuó diciendo:

—¡Me distinguía tanto, de ellos! Al principio no me daba mucha cuenta. Vivía con los frailes. El abad era primo suyo, y me tenía cariño. Sólo durante las vacaciones de Navidad venía a la isla...

Se quedó pensativo y añadió:

—Pero la última vez ella me habló, y me di cuenta de toda la verdad. Soy algo diferente de los demás, no tan listo... También allí arriba, resultaba demasiado inocente. Y ella me dijo: «*Hijo, eres demasiado bueno, ya tienes quince años*». Y sin embargo, cuando ella me habló, me pareció que era mucho más viejo que todos ellos.

Se cubrió la cara con las manos y le puse la mía en la nuca, que era suave y tibia. No se movió, hasta que la retiré, y entonces se volvió a mirarme:

—Aquel día, renuncié a todos los privilegios que recibía de él. Me di cuenta de que mi sitio estaba con ellos, ahí, en esa casa: con José y Malene, con mis hermanos, María y Tomeu... y sobre todo con él, con Taronjí —esto último lo dijo muy de prisa, y como en un soplo—. ¡Tenía que estar a su lado! Porque él estaba comido por el odio y yo debía estar a su lado, cuando todos le miraban con burla, o como un enemigo. Pensé: «Manuel, ésta es tu casa, tu familia». ¡Porque no se escoge la familia, se la dan a uno!

Algo me apretaba el pecho. (Ah, mi pobre Negro, Falso Deshollinador.) Prosiguió:

—Comprendí que mis hermanos llevaban otra vida muy distinta de la mía, y que nadie les quería ayudar... y a ella, ninguna mujer le hablaba cuando iba al pueblo. Y le oí decir a José Taronjí cosas... ¡estaba lleno de rencor! Porque la quería y sufría con todo lo que ocurrió antes y lo que aún ocurría. Casi creí que me odiaba a mí también. Y entonces pensé: *tengo que conseguir que me quiera.* Y quererle algún día, yo también.

Estaba asustada, temerosa de oír aquellas cosas. ¡Era algo tan nuevo para mí! No el haber descubierto el secreto de la vida de Manuel —un secreto sucio de hombres y mujeres, del que no era culpable— sino por la forma como entendía el desconocido mundo: el pavoroso, aterrador mundo con que nos amenazaban a Borja y a mí, del que huía desesperadamente el Chino. El mundo al que maliciosamente aludían Guiem y Es Mariné, el mundo que, por lo visto, pertenecía a gentes como Jorge de Son Major. A mi pesar, no le entendí:

—¿Y... te quedaste con ellos?

—Sí, me he quedado con ellos.

Las palomas de la abuela volvían: en aquel momento se metieron entre los almendros. Eran como sombras azules y verdosas, sobre nuestras cabezas. Producían chasquidos extraños. Algo vibró en el aire, como gotas de un cristal muy fino.

—Ahora también estás tú fuera. Quiero decir, fuera de la barrera. Me entiendes, ¿no? De los Taronjí, el delegado y todos los demás. Y, acaso, de mi abuela también...

—Ya lo sé —dijo.

—¿Y no tienes miedo?

Tardó en contestar:

—Sí, a veces lo tengo. No precisamente miedo, pero sí algo como un pesar muy grande.

Cuando dijo *pesar,* un peso asfixiante, lento, pareció rodar realmente por el declive. Cogió una almendra: estaba hueca y la dejó a un lado. Nos mostró su agujero, negro y podrido como una mala boca. Si no hubiera tenido catorce años, tal vez hubiese sentido ganas de llorar. En aquel momento sentí como mío aquel pesar, algo como un arrepentimiento bochornoso: «Por eso, éste no es de Guiem ni de Borja. Por eso no es de ninguno de nosotros». O, acaso, fuese de todos nosotros. «Porque es tan bueno...» Pero, ¿era él bueno, realmente? ¿Era yo mala? ¿Eran malos Borja o el Chino? ¡Qué confusión! Y Jorge de Son Major, tras sus muros, escondiendo el horror que le producía su propia vejez, cultivando flores.

—Manuel —dije—. Eres demasiado...

No sabía cómo llamarle. Casi sentía irritación de verle y oírle. Y deseaba hacerle participar de nuestros tesoros, de la *Joven Simón,* del Café de Es Mariné... hasta dejarle ir al Naranjal con los muchachos. Pero ¿qué tenía él que ver con todo aquello? ¿Qué tenía que ver él con nadie en el mundo? Contemplé sus manos no acostumbradas al trabajo, con los dedos arañados. Y dijo:

—No, no creas. Mi lugar estaba aquí, con los rencorosos, con tanta tristeza... Cuando llegó todo esto ya había decidido quedarme. Ahora, tú ya lo sabes, le han matado.

Salió un lagarto verde, diminuto, de bajo una piedra. Los dos nos quedamos mirándole, muy quietos. Teníamos los ojos cerca del suelo y, entre las hierbas, el lagarto nos miraba. Sus ojillos, como la cabeza de un alfiler, eran agudos, terribles. Por momentos parecía el terrible dragón de San Jorge, en la vidriera de Santa María. Me dije: «Él está con los hombres: con las feas cosas de los hombres y de las mujeres». Y yo estaba a punto de crecer y de convertirme en una mujer. O lo era ya, acaso. Sentí las manos frías, en medio del calor. «No, no, que esperen un poco más... un poco más.» Pero, ¿quién tenía que esperar? Era yo, sólo yo, la que me traicionaba a cada instante. Era yo, yo misma, y nadie más, la que traicionaba a Gorogó y a la Isla de Nunca Jamás. Pensé: «¿Qué clase de monstruo soy ahora?». Cerré los ojos para no sentir la mirada diminuta-enorme del dragón de San Jorge. «¿Qué clase de monstruo que ya no tengo mi niñez y no soy, de ninguna manera, una mujer?»

Quise apartar de mí tanta pena, y dije:

—Y el del Son Major, ¿no te llama a veces? ¿Ya no quiere saber nada de ti? Pensará que le has traicionado.

—Sí, me ha llamado dos veces. Tú conoces al hombre de la guitarra: ése que vive con él, hace tiempo. Le llevaba antes en el *Delfín*. Ahora está muy viejo, pero aún canta canciones que le gustan mucho... Ése que se llama Sanamo y se pone rosas encarnadas detrás de la oreja. Dice que es su único amigo de verdad. Pues Sanamo vino al huerto, por detrás de los olivos, cuando me ocupaba en recoger la almendra con mis hermanos y mi madre. Y me llamó.

(Me imaginé como al Diablo en el Paraíso, detrás de los árboles, con una rosa oscura en la sien.)

—Le contesté: «*No puedo, dile que no puedo. Tengo que ayudar a mi madre y a mis hermanos. Bien quisiera ir. Dile que se lo agradezco. Y dile también que le quiero mucho, pero que mientras éstos vivan no puedo volver con él*».

Y al decir «*le quiero mucho*» su voz tembló, tan cálida y cercana a mí, que una envidia rabiosa se me despertó.

Deseé fugazmente ser mala, cruel. (Y no se me ocurría nada que decirle contra las palabras que me dolían: «*le quiero mucho*». Pues sólo se me atropellaban tonterías como: «Pues yo quiero mucho a Gorogó: pues yo quiero mucho a aquella bola de cristal, y quiero mucho, quiero mucho...». Qué dolor tan grande me llenaba. ¿Cómo es posible sentir tanto dolor a los catorce años? Era un dolor sin gastar.

Bruscamente me puse de pie, apoyando las palmas en el suelo y clavándome sus dentadas piedrecillas. El lagarto huyó, despavorido, Manuel me miró desde abajo, con la boca entreabierta, como sorprendido. Como si alguien hubiera rasgado el velo tras el cual nos habíamos ocultado. Y dije:

—¡Vamos, tú! Vamos allí.

—¿A dónde?

—A Son Major.

—No. ¿Qué estás diciendo?

Se levantó. Como nunca estuvimos tan cerca uno del otro, vi que era más alto que yo. Pensé: «Ojalá éste me creyera mayor que él: lo menos de dieciocho años. Ojalá».

—Ven conmigo, tonto.

Y sabía —en aquel momento lo supe por primera vez— que él iría a donde yo le pidiese.

Eché a andar muy segura de mí. Y aunque no le oía, sabía que venía detrás, que vendría siempre. (Y cuánto me dolió después. O, al menos, cuánto me dolió en algún tiempo, que ahora ya parece perdido.)

El gallo blanco

1

Las uvas maduraron a mediados de septiembre. La alcaldesa le envió a la abuela los primeros racimos, en una bandeja de cerámica con flores azules y amarillas. Venían cubiertas con un paño de hilo bordado. La abuela cogió una entre dos dedos. Era tan fresca y hermosa, como feo y sucio su brillante. La probó, y escupió el hollejo dentro del puño.

—Son ácidas —comentó—. Ya me lo figuraba.

Las uvas, con una gota perlada, quedaron olvidadas en la bandeja.

Borja, que me estuvo mirando con ojos malvados durante todo el día, comentó mirando hacia la abuela:

—Las de Son Major serán dulces.

Pero aquellas palabras iban dirigidas a mí. Se lavó delicadamente las yemas de los dedos y las enjugó con la servilleta. Parecía un pequeño Pilatos.

—Sirve el café, Antonia —dijo la abuela.

Nunca contestaba cuando se aludía a Son Major. (Un día le pregunté al Chino: «¿Por qué se enfadó la abuela con San Jorge?». «No sea irreverente, señorita Matia», contestó. Pero entendiendo perfectamente añadió: «¿Y por qué se enfadan los señores y los villanos?». Y frotó chabacanamente el índice y el pulgar.)

—Abuela, ¿podemos retirarnos? —pidió Borja—. Nos gustaría pasear un poco por el declive, antes de la clase...

La abuela me escudriñó, y a mi pesar me ruboricé. «Borja tiene algo que decirme.»

—Vete preparando —dijo la abuela—. Mosén Mayol está buscando un nuevo colegio para ti. Y después del bochorno que nos hiciste pasar con lo de Nuestra Señora de los Ángeles, espero que reflexionarás antes de hacer algo que no debas.

Luego miró a mi primo:

—Tú también, Borja, reanudarás tus clases. Esta situación dura más de lo que pensábamos, y te buscamos un colegio apropiado.

Hizo una pausa, y añadió:

—La guerra no debe interrumpir más nuestra normalidad. La guerra es una cosa horrible.

«¿La guerra? —me dije—. ¿Qué guerra? Este silencio podrido, este horrible silencio de muertos.»

—Odio la guerra —continuó la abuela—. Debemos vivir, en lo posible, ignorándola.

—¿Cuándo iremos al colegio? —preguntó Borja, con tal sonrisa que parecía esperar de tan funesta noticia suavísimas mieles, o el cumplimiento de algo muy deseado.

—Después de Navidad —la abuela echó mano de sus grageas—. Antes no será posible. Necesitáis una buena preparación para no exponerme a un nuevo fracaso.

Miró significativamente al Chino, que inclinó la cabeza. Casi era una forma de despedirle. ¿Qué iba a hacer el Chino en aquella casa, cuando no le necesitáramos? Me pareció que al servir el café a Antonia le temblaron los dedos.

Besamos la mano de la abuela, la mejilla de tía

Emilia, y nos retiramos. Corrimos cada cual a nuestra habitación para despojarnos de las incómodas ropas, y salimos de nuevo, hechos unas fachas pero muy cómodos.

Borja ya me esperaba en el declive, sentado bajo un almendro, abriendo y cerrando la navaja de Guiem. El pelo le caía sobre la frente.

—Hipócrita, pequeña canalla —dijo.

Sonreí, fingiendo orgullo ante sus insultos, e inicié el descenso hacia el embarcadero, donde nos aguardaba la *Leontina*. Él venía detrás. Le oía saltar sobre los muros de contención, como un gamo.

—Traidora, ignorante —continuó él.

Verdaderamente, estaba lleno de rabia, de despecho. Al llegar al embarcadero nos detuvimos. Estábamos sofocados, y respirábamos con dificultad.

—Te expulsamos de la pandilla. ¡Fuera! ¡Fuera los traidores!

Me encogí de hombros, aunque las rodillas me temblaban.

—No quiero ser de los vuestros —dije—. Tengo mis amigos.

—Ya lo sé. ¡Buenos amigos tienes! La abuela se enterará.

—No porque tú lo digas, me figuro.

—No, desde luego: no porque yo lo diga.

—Bien, entonces...

Empezaba a entender a mi primo. No había más que fingir indiferencia ante sus bravatas, para desesperarle. ¿Acaso por eso odiaba tanto a Manuel, porque nunca le demostró interés alguno, ni en favor ni en contra? ¿Acaso por eso mismo adoraba secretamente, apasionadamente, a Jorge de Son Major?

Me cogió tan fuerte por la muñeca que creí me la iba a partir:

—Ven aquí, insensata —dijo. Y suavizó la voz, como cuando nos encontrábamos en la logia, por la noche. (De pronto parecía que había pasado mucho tiempo desde aquellas conversaciones, desde aquellos furtivos cigarrillos.)

—Te lo digo por tu bien, más que tonta. ¿No sabes quién es? ¿No sabes que nadie les habla? Su madre... bueno, y su padre, ¿cómo acabó?

Estábamos a mediados de septiembre, con la tierra húmeda, y las hojas castaño doradas, amontonándose en el suelo del declive. Era la hora de la siesta, como aquella otra vez (pero tan diferente). Dije:

—José Taronjí no era su padre... ¡Inocente!

Me eché a reír y empecé a andar por el borde del acantilado. Miré por encima del hombro, y vi cómo me seguía. Oía su respiración agitada:

—¿Qué estás diciendo? ¡Eres mala!...

Me volví. Sentía una gran alegría en aquel momento.

—No puede ser —dijo él. Estaba desmoronado, temiendo un nombre que yo no había pronunciado—. No es verdad... son habladurías. Él es un Taronjí, un chueta asqueroso... un hijo de...

Nunca decía palabras como aquélla. Se ruborizó, y me dio lástima. «Es lo peor que podía haberle dicho: que Manuel no es hijo de José Taronjí.» Borja se sentó en la roca, como si de pronto no pudieran sostenerle las piernas, o no quisiera que yo adivinase su temblor. Tenía los labios descoloridos, y repitió:

—No puede ser.

Estuvimos oyendo el mar a nuestros pies. Por entre los árboles, hacia la izquierda, blanqueaba la casa de Sa Malene y Manuel.

—Y... ¿es cierto que vais *allí*? —preguntó.

Asentí con la cabeza, malvadamente, para deleitarme con su pesar. (Y no era verdad, no habíamos ido *allí,* como él se figuraba. Nunca tuve suficiente valor. Me irrité conmigo misma por mi cobardía. La primera vez, aquella tarde, cuando le dije a Manuel «ven conmigo», él me siguió a pesar suyo, contra su voluntad. Trepamos por el camino sobre el acantilado. A las afueras del pueblo, casi a los pies del bosque, estaba Son Major, sus altos muros brillando en la tarde, por donde asomaban las palmeras, con su verde sucio y desflecado. Y yo, con miedo siempre, al acercarme allí, desde que Manuel me contó la verdad. A través de la verja pintada de verde, Manuel y yo, muy juntos, mirábamos las flores rojas, como aquella rosa casi negra que se ponía Sanamo en la oreja. Una vez oímos su guitarra. Manuel y yo, sigilosos como ladrones, pegados al muro blanco de Son Major, uno delante del otro, como dos sombras errantes, como dos perros vagabundos. Aquella música de Sanamo, atravesaba los muros y conteníamos la respiración, oyéndole. Aquel susurro, rasgando el aire caliente. Ni una voz humana: sólo la música de las cuerdas, el sol y el viento en la esquina. Una tarde, ya entrado septiembre, estuvimos Manuel y yo apoyados en el muro, mirándonos como desconocidos, acordándome de aquellas palabras que dijo una vez: «*Dile que le quiero mucho*». El viento gritaba en el acantilado, y Manuel me dijo: «Ese viento loco y salvaje: siempre lo oía cuando venía a Son Major, por Navidad». Me acordé del Chino, que había dicho: «Ese hombre, Dios mío: loco y salvaje», cierta vez que Borja comentó «dicen todos que me parezco a Jorge de Son Major». Y aunque Borja dijera para amedrentar a Guiem y a los suyos: «mi padre puede fusilar todos los hombres que quiera», o «ha mandado colgar de los árboles más hombres que granos tiene un racimo», aunque dijera todo eso, no quería parecerse al tío Álvaro. Quería parecerse a Jorge de Son Major, el del *Delfín* y las islas griegas. «Ese hombre, ese viento, loco y salvaje.»)

—Así que fuisteis a Son Major... así que no son cosas de Guiem.

Seguí asintiendo, aunque en mi interior empecé a flaquear.

—Y a él... ¿le visteis?

No contesté, desfallecida por tanta mentira. Sentía

piedad por Borja, aunque no comprendía por qué le fascinaba tanto, por qué fascinaba a todos aquel hombre, si casi nadie le veía nunca.

Borja sonrió, levantando el labio de aquella forma que descubría sus feroces colmillos. Y dijo:

—¡Vete! ¡Déjame solo! Gran embustera... no quiero verte más.

En aquel momento, la voz del Chino nos llamó por entre los árboles. («El latín, el odioso latín.») Y dije, para rematarle:

—Manuel podría bañarte en latín. Sabe más latín que Mosén Mayol. Tú y yo, a su lado, porquería.

Volvimos a la casa en silencio. El Chino nos esperaba quieto, con las manos cruzadas sobre el vientre y los ojos ocultos tras los cristales verdes.

Al atardecer vinieron Juan Antonio y los del administrador, silbando por entre los cerezos del jardín.

—¡Borja, nos están provocando los de Es Guiem!

No eran días de tregua. El cielo aparecía tapado por una nube grande, hinchada y rojiza. Borja saltó de la hamaca, mirándome muy fijo:

—¿Con quién vas? —dijo, roncamente.

—Contigo.

Se encogió de hombros, sonriendo. Tiró al suelo el libro, que ya no leía, y dijo:

—No es cosa para ti.

El Chino se acercó, nervioso.

—Ven, Chinito, ven conmigo, hermanito —dijo mi primo.

Estaba exaltado, y reía de través, como él sabía hacerlo. Lauro se ruborizó.

Juan Antonio y los del administrador esperaban en la verja. Juan Antonio sudaba:

—¡Están en la plazuela! Han encendido hogueras y están provocándonos con los ganchos de la carnicería... ¡vamos a darles un escarmiento!

—¿Y tu amigo? —me preguntó Borja en voz baja,

muy cerca del oído—. ¿Con quién anda, con ellos o con nosotros?

El Chino nos miraba. El verde de sus lentes ponía manchas en sus mejillas. Dijo:

—Señorita Matia, quédese usted, se lo ruego... quédese.

—Iré —contesté, más por llevarle la contraria que por verdadero deseo—. Yo siempre voy con Borja.

—¡Vamos, Chino, señor Preceptor, querido mío! —Borja lanzó una risotada extraña.

El Chino arrancó una ramita del cerezo, y sus manos temblaban:

—No puedo, de verdad, señorito Borja... no puedo... Su abuela...

—¡Al infierno, la vieja! Vente, amigo. Te queda poco tiempo de estar con nosotros: ya oíste, te van a dar la patada después de Navidad.

Me pareció demasiado cruel, pero estaba muy atormentado, muy herido por lo que yo le había descubierto; y no sabía lo que decía. El Chino no contestó, pero la vena de su frente se hinchó como un río que va a desbordarse. Por primera vez pensé que su odio también podría ser grande y peligroso. Que tal vez su odio podría estallar algún día. Le tendí la mano:

—Conmigo —le dije, con una mueca de burla—. Conmigo, señor.

Lauro el Chino partió entre sus dedos la ramita de cerezo, y oí su pequeño chasquito. Borja, Juan Antonio y los del administrador echaron a correr locamente hacia el pueblo. Despacio, el Chino y yo les seguíamos.

—Un día se meterá en un lío de verdad —dijo el Lauro—. Un día le ocurrirá algo que no podremos ocultar a su abuela, ni a su madre... señorita Matia, si usted tuviese alguna ascendencia sobre él... ¡muchacho loco!

Su voz temblaba, tal vez de ira. Pero mesurada, con la traidora dulzura de la mansedumbre.

2

«*Era de ver cómo prendían en el fuego sus carnes, cómo las llamas lamían sus entrañas: cómo se rasgaba su vientre en dos, de arriba abajo, con un brillo demoníaco, y...*», decía el libro que Borja encontró en la habitación del abuelo. Explicaba cómo ardían vivos los judíos. Aquélla era la misma plaza donde ocurrieron, siglos atrás, aquellas escenas.

Brillaban las primeras estrellas de la tarde y el calor del día cedió a un húmedo relente, bajado del bosque. A aquélla hora, las ruinas se volvían siniestras, y era verdad que las losas del centro de la plaza aparecían ennegrecidas y quemada la tierra. Incluso el musgo, que todo lo cubría, tenía un cruento moho de cementerio o de pozo.

Habían prendido las hogueras. La más grande en el centro; otra, hacia el acantilado; la tercera, ya a la entrada del bosque. Los robles, negros y feroces, se levantaban sombríamente en la ladera, y traían el aroma, tan conocido, de los de mi tierra.

Los mohosos ganchos de hierro solían enterrarlos en lugares secretos. Tenían tres: el del propio Guiem (más grande y negro que los otros, que seguramente sirvió para colgar reses grandes), el de Toni de Abrés, y el del cojo, que nadie comprendía cómo lo consiguió y no lo cedía por nada del mundo. Cuando los de Guiem desenterraban los ganchos de la carnicería, la guerra empezaba. Provocaban a Borja y Juan Antonio, a los del administrador, a mí y al Chino, de la mañana a la noche. Encendían hogueras en la plaza de los judíos, y si no les hacíamos caso quemaban muñecos de paja, lo que significaba su triunfo sobre Borja y Juan Antonio.

Los ganchos los robaron en la carnicería, heroica y concienzudamente: primero uno, luego otro y otro. Jaime, el carnicero, juró matar al que le robase uno más. Borja y Juan Antonio soñaban con encontrar algún día los secretos lugares en que se enterraban. Para mí, tenían un significado brutal, tal vez porque me traían el recuerdo de la cabeza colgada a la puerta de la carnicería. Aquel ojo de niña hinchado y azul entre afluentes de sangre, mirando fijamente de lado, lleno de odio y estupor, parecía el símbolo de la ira entre Guiem y Borja. Hoy día no puedo pasar frente a una carnicería sin sentir un hormigueo de asco y de temor en la espalda.

En las sombras de la tarde las hogueras se levantaban briosamente. Acudieron algunos muchachitos del pueblo, que arrojaban al fuego ramas secas traídas del bosque. Al ver a Borja y Juan Antonio, seguidos de los del administrador, echaron a correr y se pararon lejos, en hilera, para presenciar el encuentro. En la luz azul las hogueras lo convertían todo en noche.

Tiznado y oscuro, Guiem salió del bosque. Bajó la manga de su jersey hasta cubrirse los dedos, de forma que surgía el gancho, retorcido y siniestro. (*El Capitán Garfio luchó con Peter Pan en los acantilados de la Isla de Nunca Jamás.* Borja, desterrado Peter Pan, como yo misma, *el niño que no quiso crecer volvió de noche a su casa y encontró la ventana cerrada.*

Nunca me pareció Borja tan menudo como en aquel momento. *Hizo la limpieza de primavera, cuando la recogida de las hojas, en los bosques de los Niños Perdidos.* Y los mismos Niños Perdidos, todos demasiado crecidos, de pronto, para jugar; demasiado niños, de pronto, para entrar en la vida, en el mundo que no queríamos –¿no queríamos? –conocer.)

—¡Judas, Judas, Judas!

El Chino se paró a la entrada de la plaza, las manos cruzadas, callado. Vi su tembloroso perfil, con el bigote escaso, ralo, oscureciéndole las comisuras. Y, de pronto, ¡qué joven me pareció! Hasta aquel momento nunca me di cuenta de que era un muchacho, sólo un muchacho; apenas mayor que nosotros, metido de lleno en las sucias cosas de los hombres y de las mujeres; hundido hasta los hombros en el mundo, en aquel pozo al que todos estábamos ya resbalando.

—¡Judas, Judas!

El nombre venía hacia nosotros, con el aire que empujaba la melena de las hogueras. Un rojo resplandor temblaba, como la superficie del agua removida, sobre las desconchadas losas de la plazuela, en las columnas partidas donde en tiempos se alzó un porche, en las casuchas ruinosas con sus puertas inútilmente cerradas con llave. Y ratas y comadrejas, murciélagos, lagartijas y charoladas cucarachas, correrían despavoridos por rendijas y escaleras rotas. Las cerraduras eran ojos oscuros que sólo miraban hacia dentro, taladrados por hilillos de luz roja; despertando diminutos dragones de sangre fría, como aquel del declive, que tan fijamente me miró. Huirían despavoridos, al olor del fuego, a los gritos de los muchachos.

El Chino temblaba, quizá atrapado en su secreto, que, de pronto no deseaba conocer. Como si aquella carrera desenfrenada hacia el pozo de la vida, que emprendí desde mi expulsión de Nuestra Señora de los Ángeles se viera acechada por insectos, y ratas, y lagartijas, y húmedas lombrices, y rosados gusanos: y deseara gritar y decir: «Oh, no, no, detenedme, por favor. Detenedme, yo no sabía hacia dónde corría, no quiero conocer nada más». (Pero ya había saltado el muro y dejado atrás a Kay y Gerda, en su jardín sobre el tejado.) Y mirando al Chino, a mi lado, sentí mi primera piedad de persona mayor, deseé darle la mano y decirle: «No les hagas caso, sólo son unos niños ignorantes. Perdónales, pues no saben lo que se hacen». Y a un tiempo me avergonzaba de aquel primer sentimiento de adulto y me daba miedo y pena de mí misma, de mis palabras y de mi piedad.

—¿Quién entra en el bosque? ¿A quién le gusta pasear por el bosque?

Guiem triunfaba. Me parece que habían bebido vino. Tenían todos —Guiem, Ramón, Toni de Abrés y el cojo— los labios oscurecidos y las camisas por fuera del pantalón. Sudaban, alzadas sus cabezas redondas, brillando en la noche. Borja estaba solo, de pie *(adiós, Peter Pan, adiós, ya no podré ir contigo la próxima Limpieza de Primavera: tendrás que barrer solo todas las hojas caídas),* quieto y dorado en medio de la plaza, brotándole de los ojos un reflejo del tío Álvaro («Fusila a quien quiere, es general y brinda por el rey») y sonriendo con su labio alzado, encogido sobre los pequeños colmillos de caníbal (doña Práxedes, ferozmente indiferente, catando uvas ácidas, despidiendo preceptores inútiles). A su lado, míseros guardaespaldas, brutales y cobardes, Juan Antonio (atrapado por el diablo), y los del administrador (a la fuerza, a rastras del aborrecido nieto de doña Práxedes, piadosos por culpa de doña Práxedes, estudiando en verano como los nietos de doña Práxedes). A la entrada de la plazuela, como guardando aquel mundo que se nos escapaba, minuto a minuto, el Chino temblaba.

Borja se metió directamente en el bosque. Lauro echó a correr hacia él, asustado:

—¡Borja, cuidado! ¡Borja, que no llevas la carabina! ¡Borja, estás loco!, ¡te matarán... te ocurrirá algo, y la abuela...!

Había olvidado el «usted», el «su señora abuela», todo, todo.

Me quedé quieta, esperando. Juan Antonio, cobardón, se adentró poco a poco entre los árboles. El cojo le espiaba esgrimiendo su gancho.

—No es nada —dijo—. No es nada.

Se fueron todos. Sólo quedaba en la plazuela el último crepitar de las hogueras. Borja traía en la mano el chamuscado muñeco de paja, al que habían vestido un jersey astroso para que se pareciese a él. No sé cómo, se le parecía aquel bulto informe y medio quemado, rescatado a última hora por Borja. Sí, se le parecía. Lo esgrimió en alto, en su mano derecha. Tenía encogido el brazo izquierdo y la sangre le caía por la manga. Tenía una hermosa sangre, tan roja que parecía anaranjada.

—No es nada —repitió—. ¡Le di una buena! ¡Para que aprendan! Siempre me echaban en cara lo de la carabina, pues hoy he ido con las manos en los bolsillos...

Estaba pálido pero sonreía. Nunca le vi con los ojos tan brillantes, tan guapo. Guiem le alcanzó con el gancho en el antebrazo. El Chino le envolvió la herida en su pañuelo. No era gran cosa, pero al Chino le caían por las sienes gotas de sudor. De nuevo nos veíamos rodeados por un espeso silencio. Los gritos de horas antes eran algo remoto, como un sueño.

—Entramos... —quería explicar con todo detalle—, y al principio, entre los árboles de ahí mismo, le dije: «Voy sin carabina». Y contestó: «Bueno». Pero no tiró el gancho, y nos escondimos. Yo veía brillar su pelo, entre las hojas. Le seguía por eso... hasta que se me lanzó, de pronto. Bueno, pesa mucho, pero es torpe. Mi padre me enseñó a luchar. Tú ya sabes, Chino, ¿verdad?... Tú sabes muy bien que yo...

—Sí —contestó el Chino.

Y me pareció que estaba profunda y misteriosamente triste.

—No ha durado mucho —dijo Carlos, el pequeño del administrador—. ¡Has ganado en seguida!

—Pero tienen nobleza éstos —observó Juan Antonio—. Hay que reconocer que la tienen. Se han ido sin buscar más...

—Sólo me la tenían jurada a mí —contestó Borja. Y me miró—: Por lo de ese chueta, dicen. Saben que es amigo de Matia.

Miré el suelo. El Chino levantó la cabeza:

—¡Por Dios, señorita Matia!

Borja se levantó:

—Se creen que Manuel va a ser de los nuestros porque Matia... Bueno, eso se acabó. ¿Verdad, Matia, que eso se acabó?

Desvié los ojos, y callé.

Volvimos a casa. El Chino iba diciendo:

—Por Dios, venga a mi habitación, mi madre le curará. Así su señora abuela no se enterará de nada...

Faltaba casi una hora para la cena. Entramos por la puerta del declive y subimos silenciosamente a la habitación del Chino.

Encendió la lámpara de sobre la mesilla. Allí seguían las flores, las reproducciones, clavadas sobre el techo abuhardillado, para poderlas contemplar desde la cama. El espejo moteado, sus libros, sus jarros de cerámica, los terracotas y los *ciurells* de Ibiza. Al encender la lámpara, sus manos largas y amarillas se iluminaron como una gran mariposa. Dijo:

—Esperen... avisaré a mi madre.

Aún estaba la ventana abierta, con un pedazo de cielo fresco, húmedo. Se veía una estrella. Borja se acercó a besarme:

—Matia, Matia, te lo ruego...

Creí que iba a llorar y por primera vez me pareció mucho más niño que yo, aún al otro lado de la barrera, deshecho su aire bravucón, desmoronado. (Como yo misma aquella tarde, junto a Manuel.) Dijo:

—Matia, dime que aquello no es verdad, dímelo.

—¡Pero si es cierto, Borja! Yo no tengo la culpa. Él es el verdadero hijo de Jorge. Él es el verdadero hijo...

Se mordió los labios. (Aquellos labios que siempre me parecieron demasiado encendidos para un muchacho.) Apretó con la mano derecha su antebrazo izquierdo, que, a buen seguro, no le dolía tanto como aquella revelación.

—No puede ser... ¡Ese tipejo! Tú lo sabes, Matia, Jorge es pariente nuestro. Está enfadado con la abuela, ya lo sé. Pero son tonterías. Él es de nuestra sangre...

—Pero, ¿por qué te importa tanto? —dije, sin poderme contener—. Siento que te duela, pero ésa es la pura verdad. Y además lo sabe todo el mundo. Él amaba a Malene, y Manuel es hijo de ellos dos. Luego, casó a Malene con su administrador, para cubrir las apariencias. Todos lo saben. Y les regaló esa tierra que está ahí, estorbando a la abuela... No puedo remediarlo, Borja, la vida es así.

Y al decir esto me sentí estúpida y suficiente. (¡Qué idiotez! Lo oí decir a veces a las criadas: «la vida es así».)

Borja recuperó su orgullo. Levantó la cabeza, mirándome casi con odio:

—Pequeña idiota —remedó mi voz—. «¡La vida es así!» Pequeña idiota.

La puerta crujió y entró Antonia. Me pareció que estaba más pálida que de costumbre, casi verdosa. Su rostro seco y largo, a la luz de la lámpara, acentuaba las sombras de la nariz y de los ojos, dándole aire de careta. Traía algodón, yodo y una jofaina con agua. En el brazo llevaba una toalla de flecos.

—¡Señorito Borja!... ¡San Bruno nos asista!...

El periquito nos miró con sus redondos ojos irritados, desde la cabeza de Antonia. Su larga cola oscura, sesgada hacia la sien de la mujer, parecía una inquieta y palpitante flor.

—A ver ese brazo... Dios mío, Dios mío...

Y dejó escapar un escondido suspiro, demasiado sincero para referirse a la herida de Borja. «Acaso a veces llore en su habitación», me dije. Allí, en el marco de la puerta, seguía el Chino, sin avanzar, con sus gafas verdes.

—Así, mantenga así, apretado...

Borja apretaba el algodón contra la desgarradura. Me senté al borde de la cama, balanceando las piernas. Borja se puso a silbar bajito. Estaba nervioso y su respiración era entrecortada.

Antonia se volvió hacia el Chino. Su voz llenó el aire, al decir roncamente:

—Pasa, hijo...

Borja y yo miramos al Chino. «Pasa, hijo.» Nunca oímos decir a Antonia aquella palabra, nunca le nombró así. «Sabíamos que era su hijo, eso era todo —pensé—. Pero nunca lo sentíamos.» Súbitamente, la pequeña habitación se llenó de algo como un batir de alas. La mujer miraba a aquel muchacho —era un pobre, un feo muchacho demasiado crecido sobre sus piernas—, en el quicio de la puerta. El Chino entró y se sentó, los hombros caídos, en una silla. Su frente estaba húmeda, y la mano de aquella mujer —no era Antonia, oh, no, se parecía a la mano de Mauricia, o quizá a alguna otra que yo tuve, o perdí, o sólo deseé—; aquella mano ancha relajó su acostumbrada rigidez, y echó hacia atrás el pelo del muchacho. Él levantó la cabeza, se quitó los lentes, y la miró. Y por primera vez, con qué dolor, o remordimiento —o qué sé yo, tal vez sólo pena—, le vi los ojos. La mirada del uno en el otro, metida la mirada de ella en la de él. Y me acordé, qué absurdo, de una frase que dijo mi amigo: «Mi lugar está aquí». (En el mundo, pues, de los hombres y de las mujeres. Y algo se me agarró dentro del pecho, algo que zozobraba, como una cáscara de nuez en el mar.) ¡Ya está! —decía Borja, lejano. (En un mundo de chiquillos malvados y caprichosos, con tozudeces infantiles, con estúpidas rencillas, con admiraciones excesivas por seres como el viento, que quemaron su *Delfín* en una lejana playa griega.)

—¡Ya está! Gracias, Antonia. Gracias, Lauro.

Habían quitado aquella fotografía incrustada en un ángulo del espejo. Quizá la guardaron en un libro, en alguna cartera de bordes gastados, en algún bolsillo, sobre el corazón.

El pequeño Gondoliero voló con su sordo batir de alas, y Borja se echó a reír.

Estaba ya acostada, sin Gorogó, con la mano derecha bajo la almohada, fría aún. Por las rendijas de las persianas, a franjas, entraba la noche. Y oí: tac, tac, tac. «No, Borja, por favor», me dije. Hacía mucho tiempo que no íbamos a la logia, de escondite, a fumar cigarrillos y cuchichear. «Oh, no, Borja, ya se acabó todo eso.» Pero los golpecitos insistían. Me eché por los hombros el jersey y fui a la salita. La ventana daba a la logia, y salté.

Lo distinguí al otro extremo, acurrucado. El ojo encarnado del cigarrillo brillaba en la oscuridad, como un animal tuerto. Una columnilla de humo se elevaba hacia los arcos. Crucé la logia, agachándome, y me reuní con él. Estaba sentado, con las piernas cruzadas, apoyado en la pared.

—Ven, acércate aquí—dijo, en voz baja.

Tras los arcos se extendía un cielo pálidamente azul, con estrellas espaciadas. Me senté a su lado y rodeó mis hombros con su brazo:

—Matia, tú crees que sabes muchas cosas, ¿verdad?

En vista de que yo callaba, prosiguió:
—¡No sabes nada de nada!...
Le miré con el rabillo del ojo. Al resplandor de la luna vi el brillo de sus ojos. Su mejilla rozaba la mía.
—Te voy a confesar una cosa —dijo.
Hablaba con aquel tono susurrante que empleábamos siempre en la logia, y, a mi pesar, me sentí de nuevo atraída hacia él y su mundo.
—Te voy a abrir los ojos: eres una niña inocente. Pero, puesto que crees saber tanto... Vamos, te contaré algo. Sabes, el Chino...
Me volvió el miedo. El miedo otra vez, como un vértigo.
—¡Calla! —dije.
Intenté apartarme de él, pero me retuvo con dureza.
—El Chino —prosiguió—, hace todo lo que yo mando, porque, si yo quisiera le contaría a la abuela otras cosas de él.
A mi pesar, pregunté:
—¿Qué cosas?
Y recordé la única vez que fui al Naranjal, aquel día en que el Chino, Borja y yo fuimos de excursión, para volver por la tarde. Borja seguía hablando en la oscuridad de la logia, pero casi no escuché lo que empezó a contarme, porque de pronto, como un sueño, me volvía aquel día. Un sueño distinto, crudo y real, con un significado revelador. Sentí un terror que humedeció mis manos y me llenó de frío. Fue en el mes de marzo. Aún no había estallado la guerra y acababan de expulsarme de Nuestra Señora de los Ángeles. Una neblina dorada enturbiaba los ojos, adormeciendo.
(Recuerdo: «Cuando aparezcan las nuevas estrellas nosotros ya no estaremos aquí —dijo el Chino—. Usted, Borja; y usted, Matia, deberían pensar de vez en cuando en estas cosas». El mar estaba muy quieto, con algo misterioso apresado entre las rocas. Si hu-

biera caído alguna gota hasta la superficie la hubiéramos oído. El Chino estaba muy quieto, mirando hacia el mar, y el cabello le caía a ambos lados de la cara. Se parecía a los de la Santa María, y me dio un vago temor. Parpadeó y le brillaron los ojos. Tenía los lentes en la mano derecha y con la izquierda se frotaba suavemente el caballete de la nariz, donde se le formaban pequeñas hendiduras —«Andrómaca, Tauro»—, proseguía el Chino. Iba nombrando estrellas y estrellas: le salían rosarios de estrellas por la boca. «Deberíais pensar en estas cosas.» Los ojos del Chino, como dos luces fijas y amarillas, estaban clavados en los míos, en medio del silencio, atravesando el aire que pesaba sobre el agua. Me acordé de la gran bóveda de Santa María, de su oscuridad y de sus fulgores súbitos. El Chino explicaba cosas que yo no entendía casi nunca: pero él sabía que aquellos de las vidrieras eran sus mártires, algo así como sus hermanos o parientes muertos. Y le dolían o le reprochaban cosas. Estábamos sentados en el suelo. Los almendros invadían la tierra, bordeada de trecho en trecho por la hierba de un verde esmeralda, como el mar. Los almendros ya habían florecido y sus troncos, negros, resaltaban misteriosos entre la nube rosada que adormecía y volvía la luz nublosa, como un pesado vapor. Los olivos brillaban. Los troncos tenían caras, brazos, bocas. La tierra sembrada, recién removida, resaltaba en cuadros más oscuros. «Dios mío, Dios mío —iba diciendo el Chino—. Qué tierra más rica.» Parecía que fuera a echarse a llorar, como si el ver aquello le abriera una pena secreta, en lugar de alegría, como a todo el mundo. Seguramente Borja le preguntó algo, porque le oí decir: «Tanta bondad de Dios me hiere». Más allá, entramos al fin en el Naranjal, donde todo parecía dormido. Sólo se tenía que estirar la mano para coger el fruto. No vimos guardián alguno (aún no habíamos llegado a las tierras de los viveros). Si acaso lo había, estaría durmiendo en algún lado, junto a la cenia, «oyendo el rumor fresco del agua, tendido y con los ojos cerrados, junto a su palo». Ésta era la imagen de un guardián que me formé de niña, tal vez por verlo así en un grabado o en algún cuento. El Naranjal ofrecía una tupida sombra. Debíamos ir medio agachados entre los árboles, uno delante del otro. La luz se volvía verde oscuro, a pesar del sol alto y redondo. A la izquierda se levantaban las montañas, de un color siena, azul y gris, muy bello y delicado. No había bosques por aquella parte, y Borja dijo: «¿Y los bosques, cuándo vamos a verlos?». Pero el Chino no contestaba. Parecía rastrear algo entre los naranjos, hasta que al fin nos echamos al suelo, cansados. Arrancó una naranja, y la mordió. Le hizo un agujero y empezó a chupar. A poco, el jugo le caía por las comisuras y humedecía su bigote. Me dio mucho asco. Arrancó otra, su olor se metió por mi nariz y cerré los ojos. Súbitamente los abrí y entonces vi cómo el Chino alargaba su mano y la ponía sobre la pierna de Borja. Medio adormecida, como en sueños, vi cómo se deslizaba despacio, casi con temor. Borja seguía quieto, hasta que bruscamente la apartó, y dijo: «¡Vete, Chino!». El olor de las naranjas despedía algo caliente en medio del frío. Me estremecí, echada entre los árboles. Veía a la derecha el mar, de un azul brillante y oscuro. Desde donde estábamos echados, la tierra parecía balancearse suavemente, serpenteando hacia la playa como una movediza corteza. Casi mareaba mirarla. Parecía formar olas de un tono abarquillado o gris. Más lejos, se alzaban unos árboles, desoladoramente desnudos. «Son higueras», pensé. Recordé la de nuestro jardín. Éstas aparecían limpias, con las ramas brillando bajo la luz, como de metal. Me levanté y salí del Naranjal. Eché a andar. Empezaron a surgir casas aisladas, bloques cuadrados pintados de blanco, con pequeñas ventanas y porches de cañizo. Y, otra vez, las chumberas, los olivos, los algarrobos. Me paré delante de una casa blanca y silenciosa. En la noria, había un mulo ciego. El agua caía de los canjilones a la huerta. Aquel rumor adormecía e inquietaba a un tiempo. Me había alejado bastante del Naranjal, pisaba despacio, con cautela, para no provocar los ladridos de algún perro. Pensé en las estrellas. La mía era mala. «Cosas del Chino. Nos está envenenando con sus mentiras de estrellas, y cosas así.» Me acordé otra vez de las vidrieras de Santa María y sentí una punzada, no sabía si de miedo o dolor. Pero me acordé de Fermintín (un niño que murió hacía poco en el pueblo. No le hablé nunca, pero la noticia de su muerte me inquietó. Deseaba ardientemente que no muriera nadie en el mundo, que todo lo de la muerte fuera otra de las tantas patrañas que cuentan los hombres a los muchachos). El sol venía de costado y vi mi sombra en la tierra. Enfrente estaba el cubo blanco de la casa, casi azul bajo el sol, y mi sombra en el suelo, en la breve planicie hacia el mar. Sola, sin árboles, quieta como un árbol en medio de tan grande soledad. Algo parecía decir: «No te das cuenta de nada, nunca te das cuenta...». Volví la cabeza hacia atrás, con un gran deseo de ver los naranjos, bajo los que esperaban el Chino y Borja: y nadie más. (Qué raro, estuve a punto de pensar: «Y Matia también está allí, con ellos».) Como si aquel cuerpo quieto, con su sombra en el suelo, no fuera el mío y estuviese allí detrás, entre Borja y el Chino. Entre el follaje verde oscuro brillaba la fruta redonda, cargada. El Chino no podía mirarla sin alegría, decía: «Tanta riqueza». También Fermintín lo sabía. Cada vez que venía el médico a verle preguntaba: «Y las naranjas, ¿no las han cogido aún?». Lo contó el padre de Juan Antonio. Pero, ¿para qué pensar tanto en Fermintín? ¡Para qué! Estaría deshaciéndose debajo de la tierra. Pasos y pasos más allá, muertos y muertos, y por más pasos que diéramos, ¿qué eran, en aquella isla? Entonces tuve miedo de que mi sombra no se moviese más, como si fuera la sombra de una piedra. Levanté un brazo y lo vi dibujarse oscuramente en el suelo. Di un suspiro grande, eché a correr y me alejé hacia el mar. Anduve un rato antes de regresar al Naranjal. Aún no se divisaba la neblina rosada de los almendros, entre los postes negros de los troncos. Noté un pequeño ahogo. «Olivos, almendros, olivos, almendros...» Todo se prendía en los ojos con un brillo que cegaba.)

—Ya lo sé —dije precipitadamente. Y sentía que ardía mi cara—. Ya lo sé. ¡No necesito que me digas nada...!

—Tengo, además, una carta que me escribió, el muy idiota. La tengo bien guardada en la caja de hierro, y él lo sabe...

La risa de Borja sonó baja, hiriente.

—Hace lo que yo le mando... todo lo que yo mando.

Cogí su mano, que apretaba mi hombro, y la aparté.

—Matia —dijo. Y su voz se hizo más confusa—. Quiero que veas una cosa que le he quitado a mamá. ¡Lee esto, tonta! Léelo, y te darás cuenta de que no sabes ni la mitad de nada...

Encendió su pequeña lámpara de bolsillo y me mostró tres cartas, que súbitamente me fueron familiares: su color, su forma, hasta su olor. Y entonces me acordé de haberlas visto en manos de tía Emilia, en su habitación rosada y asfixiante. (La tía Emilia, en su butaca extensible, el perfume mareante, las cartas esparcidas sobre la falda. Bruscamente pensé: «No son las cartas del tío Álvaro...».)

—Lee, Matia, y date cuenta.

La maligna luz de la linterna mostraba las primeras frases, los nombres. Aparté los ojos, no quería mirar —era horrible, aquello que estábamos haciendo—, pero sus delgadas y duras manos de ladrón me obligaron a volver la cabeza hacia los papeles amarillentos, y la dañina lengüecilla de luz iluminaba tristísimas frases de unas tristísimas cartas devueltas (igual que devuelve el mar a la orilla los cadáveres). Y oí su voz:

—Lee, tonta, y entérate. Es malo esto que hacemos, pero quiero que lo sepas de una vez...

Era malo robar como robábamos. Era malo martirizar al Chino, era malo que Borja desenterrara los residuos de un amor triste y perdido. Era horrible dejar de ser ignorante, abandonar a Kay y Gerda, no ser siquiera un hombre y una mujer. Pero la maligna lengüecilla de luz continuaba revelándome, aunque no quisiera, el secreto de tía Emilia: «Querido mío, Jorge...» «Amado mío, Jorge...».

(Oh, sucias y cursis, patéticas personas mayores.)

—¿Te enteras de a quién quería? ¿Te enteras...?

«Tuya, siempre tuya...», temblaba la letra de tía Emilia. (Oh, tontísimas, tontísimas personas mayores; y dijo tía Emilia: «yo también dormía con un muñeco hasta la víspera de casarme».)

Pobre Gorogó.

Ahora no puedo recordar cuántas veces vi a Manuel; si de una a otra entrevista transcurrieron muchos días, o por el contrario, se sucedieron, sin tregua. Puedo, en cambio, reconstruir exactamente el color de la tierra y de los árboles. Y, en mi memoria, el olor del aire, la luz entrelazada de sombras sobre nuestras cabezas, las flores ya muriendo, y el pozo con su resonancia verde, a nuestro lado. Huían los pequeños animales de la tierra, y al borde del mar se erguían las pitas, como espadas de un juego definitivamente olvidado.

Nunca nos citamos a determinada hora, en ningún momento. Simplemente nos encontrábamos. Manuel, que no se tomaba nunca un descanso, ni hablaba con nadie, abandonaba todo para venir conmigo. Yo dejaba a Borja, olvidaba mis clases, mi lectura o cualquier orden de la abuela. Caminábamos uno al lado del otro, hablábamos o nos tendíamos de bruces, como en aquella primera tarde, bajo los árboles del declive.

Recuerdo que entré en una zona extraña, como de agua movediza: como si el miedo me ganara día a día. No era el terror infantil que padecí hasta entonces. A veces me despertaba de noche, y me sentaba bruscamente en la cama. Sentía entonces una sensación olvidada de cuando era muy pequeña y me angustiaba el atardecer, y pensaba: «El día y la noche, el día y la noche siempre. ¿No habrá nunca nada más?». Acaso me volvía el mismo confuso deseo de que alguna vez, al despertarme, no hallara solamente el día y la noche, sino algo nuevo, deslumbrante y doloroso. Algo como un agujero por donde escapar de la vida.

Cuando Borja me descubrió el secreto de su madre, algo parecido a este deseo de escapar del día y de la noche me dominó. Algo tan confuso como el incierto deseo de justicia que iba apoderándose en mi conciencia.

Me hubiera gustado abofetear a mi primo y decirle: «No, tú no, pequeño farsante, malvado egoísta, tú no lo puedes ser...». Manuel era el único y verdadero hijo de Jorge.

Como una ladrona, espié cuando tía Emilia salía de su habitación, para entrar en ella sigilosamente. Con la conciencia sucia, cosa que no sentí ayudando a robar dinero a Borja, busqué los retratos del tío Álvaro. Era el padre de Borja, era el padre de Borja. Escudriñé su faz delgada, sus ojos demasiado juntos, los pómulos salientes que dolían sólo de mirarlos. Sí, se parecía. Cuando mi primo abandonaba su aire dulce y lagotero, cuando Borja se enfrentaba a solas con Juan Antonio, Guiem o yo misma, su rostro tenía la misma expresión. Él era (como decían Antonia y Lorenza) «un chico muy guapo, demasiado guapo para ser hombre». Examiné ávidamente sus facciones, sus ojos, su sonrisa. Me decía que no, que se parecía más y más al tío Álvaro. Y yo misma, que le pregunté: «¿Por qué te importa tanto?», me hice a mi vez esta pregunta. ¿Por qué, por qué me importaba tanto que Borja no lo fuera? Y me quedó una gran zozobra.

No me atrevía a mirar a los ojos de tía Emilia, y su supuesto esperar al tío Álvaro se me antojó desde aquel momento algo turbio, espeso, como el perfume de su habitación.

Se murieron casi todas las flores. Sólo quedaban rosas encarnadas, y otras como lirios apretados, de un suave tono malva. Nunca vi el declive tan hermoso como en aquellos días, ni la tierra con aquel perfume, incluso durante la primavera.

No obstante, al parecer, sucedían cosas atroces. A la hora del desayuno los periódicos de la abuela crujían entre sus garras glotonas, y el bastoncillo resbalaba al suelo una y otra vez, como una protesta. Su anillo gris despedía reflejos de cólera. —«Horrores y horrores, hombres enterrados vivos...»—, bebía distraídamente su café, y por sobre la taza, los ojos, redondos y sombríos, reseguían las letras con morbosa avidez. Alguna vez, Borja y yo mirábamos los periódicos. Ciudades bombardeadas, batallas perdidas, batallas ganadas. Y allí, en la isla, en el pueblo, la espesa y silenciosa venganza. Los Taronjí subían en el coche negro y recorrían la comarca. Me acordaba de su primo José Taronjí, y algo se me ponía en la garganta. Desde aquella tarde, ni Borja ni yo habíamos vuelto a la *Joven Simón*.

El Chino leía los periódicos en silencio, cuando la abuela los abandonaba, arrugados, sobre la mesa. Alguna vez, al ruido de un portazo, o a un soplo de aire demasiado brusco, alzaba la cabeza. Gondoliero venía a buscarle: se posaba en su hombro, en su cabeza, en el brazo, o a veces entre sus dedos, mientras escribía u hojeaba el diario. Picoteaba suave el reborde de su oreja, como si lo besara, y él fingía leer, o escribir, con una indefinible sonrisa.

Seguíamos dando clase en la sala destartalada. Los tres en la mesa grande, cada uno en un extremo, separados como extraños jefes. Parecía como si a ambos lados se extendieran estepas, largas regiones de hielo y distancia, apartándonos. Empezaba a hacer frío. Borja mordisqueaba el extremo de su estilográfica. Yo dibujaba ciudades para Gorogó en los bordes de los cuadernos. En ocasiones, oíamos tocar el piano a tía Emilia. Las notas bajaban como un raro gotear, rodando escaleras abajo.

—¿Qué harás tú, Chino, cuando nos vayamos al colegio? —preguntó Borja varias veces.

Lauro callaba y sonreía:

—Repase su lección, señorito Borja.

Antonia dijo:

—Ayer por poco apedrean en la plaza a Sa Malene.

—¿Por qué? —Borja y yo levantamos a un tiempo la cabeza. Una mariposa revoloteaba sobre los discursos de Cicerón, desorientada.

—Por insolente. Pero los Taronjí lo han impedido.

—¿Qué han hecho? —preguntó el Chino.

Madre e hijo se miraron. En aquel momento Antonia recogía los libros y los cuadernos a un lado de la mesa. Traía una bandeja con la merienda, y fue colocando las tazas. Sólo se oía el ruido de las tazas y las cucharillas.

—Le han rapado el cabello —dijo—. Nada más. La han llevado a la plaza de los judíos, allí donde a veces hacen hogueras los muchachos, y las mujeres le han cortado el pelo. Así han dado ejemplo.

Las manos me temblaron sobre la mesa, y las oculté. Me sentí cobarde, miserable, con ganas de decir: «Manuel es amigo mío, él tuvo en sus manos a Gorogó, y ni siquiera preguntó para qué servía un muñeco así».

Las escaleras crujieron y Antonia se precipitó fuera de la habitación. La abuela bajaba los peldaños, pesadamente. Casi en seguida entró, seguida de Antonia, y se quedó junto a la puerta, mirándonos. Al levantarnos cayeron al suelo, por el lado del Chino, un montón de libros y un insolente lápiz amarillo que rodó hasta los pies de la abuela (pequeños, desbordando su carne de los zapatos). Rojo como una amapola, el Chino fue a recogerlo. Avanzó doblado de cintura, hincó las rodillas y murmuró entrecortadas frases. Era la primera vez que la abuela entraba en aquella habitación, la primera que interrumpía una de nuestras clases. La abuela miró fríamente a Lauro.

—Déjelo —cortó—. ¿Qué ha ocurrido con esa mujer?

Antonia, que estaba quieta y erguida a un lado, parpadeó:

—Señora, esa mujer... parece que se insolentó con los Taronjí. Demostró sentimientos... poco resignados. Es una mala mujer, señora, y le han dado un escarmiento.

—¿Qué escarmiento?

—Le han cortado el pelo al rape. Usted recordará, tenía un hermoso cabello dorado...

—Pelirrojo —aclaró la abuela—. Sí, lo recuerdo. Pero no dorado, pelirrojo.

Echó sobre la mesa un periódico.

—Aquí se rapa la cabeza, allí se hace esto otro.

Miramos tímidamente la fotografía del periódico. Parecía que hubiera gentes colgadas de algún lado. Pero estaba tan borrosa que resultaba horriblemente cruenta, macabra. Y me vino a la memoria el muñeco de paja que esgrimían los de Guiem en las hogueras, para demostrar que nos vencían. Aquel muñeco informe, con un astroso jersey, que logró Borja recuperar a costa de un desgarrón en el brazo.

Pesada y firme, con su estúpido bastoncillo en la mano, salió la abuela. El Chino cogió apresuradamente el periódico, y lo desplegó. En gruesos titulares, se decía que en un pueblo de la Península habían arrojado el párroco a los cerdos. Imaginé por un momento al hermoso Mosén Mayol, luchando con una piara de cerdos, de los que tanto abundaban en la isla. Feroces animales, de largos colmillos. No lo podía remediar: los cerdos y sus colmillos tenían la misma sonrisa de la abuela, de Borja y acaso mía.

—Hijo, tienes que merendar —dijo Antonia.

Oíamos por segunda vez aquella palabra. «Así le llama —pensé— desde que sabe que le van a despedir.»

Sentí los ojos de Borja y me volví a mirarle. En el fruncimiento de sus cejas, en el modo de morderse los labios, hasta en el rizo negro, brillante, que le caía sobre la frente, adiviné lo que me iba a decir:

—Matia, vámonos.

El Chino abrió la boca y la volvió a cerrar. Luego, se sentó con la cabeza baja y dobló el periódico. Antonia, opaca, como sin alma, vertió el café en las tazas.

—¿A dónde? —le pregunté, apenas salimos. Hacía frío y me crucé la chaqueta, sujetándola con las manos. Temía lo que me iba a contestar.

—A ver a Manuel.

—¡No, Borja, no!

Intenté sujetarle por la manga, pero se desasió. Echó a correr delante de mí. Sus piernas, finas y doradas, saltaban sobre los muros del declive. Había un sol maduro, pleno, aquella tarde. Entrábamos en un tiempo dorado, de luz en sazón, con un resplandor rojo y malva, entre los árboles. Un sol cálido como un vino antiguo, que debía tomarse sorbo a sorbo para que no se subiera a la cabeza. Habíamos entrado en el mes de octubre.

Borja se detuvo en la puerta de Manuel, como yo

aquella tarde, antes de que se volviera a pedirme que le esperase. Contemplé su nuca con un hoyo en el cogote, y le miré con un gran deseo de que no llamase a Manuel.

Por la puerta abierta veíamos los olivos y el pozo al que echaron un perro muerto. El cielo, me dije, era el mismo que entonces y que siempre; solamente en la tierra cambiaban las cosas. Ahora estaba bañado por la luz resplandeciente de un sol maduro, tardío. Eran, quizá, las cinco de la tarde.

Borja seguía mirando hacia los olivos, pero Manuel no estaba allí.

—¿Dónde anda ése, a estas horas? —preguntó. Había una gran pasión en su voz y noté la agitación que le dominaba.

—No sé.

Impaciente, levantó los hombros, y repitió:

—¿Dónde está, Matia, dónde está? Te arrepentirás, si no me lo dices...

—Te aseguro que no lo sé...

—¿Pero dónde os encontráis vosotros dos?

Era inútil decirle que no nos encontrábamos de una forma determinada, explicarle (y tampoco hubiera sabido) cómo íbamos el uno al otro sin saberlo ni pensarlo. Era inútil darle cualquier otro razonamiento. Me aterré recordando aquel día en que me pareció que Manuel iba a decir: «Detente ahí, éste es mi mundo. Detente, ésta es la puerta privada de mi reino», al ver que Borja, zafio y osado («malvado, malvado Borja») sacudió los hombros y atravesó aquella puerta por primera vez. Aquella puerta que era el gran valladar, el oculto santuario de algo que iba más allá de mi posible amor. Le seguí con el corazón angustiado, apoyándome en el tronco del primer olivo. La espesa verdura ya se había agostado. Distinguí el pozo entre los árboles, cubierto de musgo y orín, como un misterioso ojo de la tierra.

La casa tenía un pequeño porche, con un arco. El

farolillo aparecía roto, como por una pedrada. Había un gran silencio, en el que se perseguían dos abejas de oro. El velo rosado del sol lo bañaba todo, como un sueño. Y había un olor espeso, dulce como de azúcar de flores o de mosto. Una de las palomas de la abuela, gris oscura, picoteaba en el primer peldaño, junto a un charco.

—Manuel... —llamó Borja.

Las sombras se movían en el suelo. En grandes macetas de barro resaltaba el rojo vivo de los geranios. Todo resplandecía, como si hubiera caído una lluvia de oro, fina y centelleante. Un vidrio de la ventana derecha, espejeaba, azul y verde. Tenían el balcón abierto y se respiraba el gran silencio, como si todos estuvieran dormidos o encantados. El huerto parecía recién regado.

—¡Manuel! —repitió Borja, con mayor decisión.

La paloma echó a volar, pasó sobre nuestras cabezas y se posó en el muro. Su sombra en el suelo, desde el olivo en que me apoyaba, tenía algo mágico. Sus alas se movían en la tierra. «Todo en el mundo es tan misterioso», pensé.

En aquel momento llegó Manuel. Estaba muy serio, sucio de barro y con los pies descalzos. Se apoyó en el muro y despaciosamente, sin mirarnos, empezó a calzarse las sandalias. Resaltaba la sombra de sus largas pestañas, obstinadamente bajas. Era mucho más alto que Borja; le hubiera aplastado.

—Manuel —dijo mi primo, con violencia—. Vengo a preguntarte una cosa: ¿con quién estás tú, con Guiem o conmigo?

Manuel le miró, y por primera vez descubrí en él un fugaz temblor de cólera. Una cólera tan profunda y dolorida como su tristeza.

—No entiendo —dijo.

Borja se acercó. Noté que estaba temblando, conteniéndose:

—Ven conmigo. ¡Vamos a Son Major!

Por primera vez en la tarde, Manuel se volvió a mí. Borja se interpuso:

—¡Ven! Ven, si no quieres que te pase algo... Algo peor, aún, que a tu madre.

Deseé que nunca hubiera dicho aquello. Lo sentí como una bofetada. Pero estaba asustada de mi propia cobardía. La piel oscura de Manuel se cubrió de un tinte rojizo, desde la frente al cuello.

—Tengo trabajo —contestó.

Borja me miró:

—Dile tú que venga, Matia.

Antes de que yo abriera la boca —y noté un gran fuego cubriéndome la frente, las orejas y el cuello—, Manuel levantó la mano derecha, que brilló, y dijo:

—No digas nada, Matia, no necesitas...

Desvié mis ojos de los suyos, y él mismo inició la marcha.

Primero fuimos a buscar a Juan Antonio, que al oír nuestro silbido se asomó al balcón. Masticaba algo. Seguramente merendaba. Bajó rápido y se colocó al otro lado de Manuel. Siguieron andando, uno al lado del otro, y yo detrás. Parecía, verdaderamente, que lo llevaran como un reo. Manuel caminaba despacio, con los brazos caídos a lo largo del cuerpo.

Ya salíamos del pueblo cuando nos vio el cojo.

—Ahora irá a avisar a los otros... —dijo Juan Antonio, de prisa.

León y Carlos estudiaban, pero al oírnos vinieron en seguida.

El camino que llevaba a Son Major se levantaba poco a poco sobre el pueblo, hasta el gran recodo de la montaña, sobre el acantilado. Por el camino el sol daba de lleno, como sobre una pared.

Al llegar a Son Major nos detuvimos intimidados. Tal vez nos hubiéramos limitado a quedar así —como a veces Manuel y yo—, pegados contra el muro, mirándonos unos a otros, oyendo al viento; pero aquel día Sanamo andaba por detrás de la verja, e inmediatamente descubrió a Manuel. Al verle, abrió la boca y levantó los brazos al cielo. Pero de su boca no salió una sola palabra. Riéndose, con aquella maligna risa suya, se acercó a la verja, haciendo tintinear las llaves en la mano:

—¡Manuel, Manuel, hijito mío! —clamó con boca desdentada, mientras descorría el pestillo, con un chirrido. El pelo de Sanamo, largo y gris, se movía al viento.

Manuel, con su aire de reo, que me irritaba, seguía quieto frente a la verja, la cabeza un poco baja. Sobresalía su estatura de todos nosotros: incluso de mí, que indudablemente era la más alta de todos. Allí estaba, brillando raramente al sol de la tarde, que huía ya; dejándole prendido todo su oro en la piel oscura, en el rojizo cabello. Sanamo le miró, como arrobado. Borja, que se sujetaba a los barrotes de la verja con las dos manos, sonreía tratando de ser amable, como cuando pedía algo a la abuela.

—Hola, Sanamo —dijo, con falsa alegría—, ¿podemos visitar a don Jorge?

Sanamo le miró astutamente y sonrió con maldad. Abrió de par en par la verja, como si hubiera de entrar una carroza, y no un atemorizado grupo de chiquillos.

—Pasad —dijo—. El señor se alegrará de recibir a estos guapos muchachos.

Manuel seguía como clavado en la tierra, y Borja le empujó bruscamente hacia adentro.

El jardín de Son Major se nos ofreció, al fin. Era muy umbrío, por culpa de la altura de sus muros. Siempre soplaba el viento allí, y las palmeras se mecían. Las gradas que llevaban a la casa aparecían cubiertas de un musgo verde lagarto. La casa era bonita, con una larga logia de arcos blancos y las ventanas pintadas de azul, pero estaba muy vieja y descuidada. Muros arriba trepaba una tupida enredadera, que le daba un aire húmedo y sombrío. A la izquierda, se alzaban los magnolios, ya sin flores. Sin embargo, había en el aire un raro perfume: como de otras flores, de otras sombras, de otros ecos, que uno no podía entender bien, que casi no se atrevía uno a adivinar. El suelo y todas las hojas parecían recién regados.

3

Siempre recordaré aquella luz rosada, donde todo parecía sumergido en un vino maravillosamente dorado. Aunque ya no estuvieran las magnolias y se hubieran muerto las flores —excepto las rosas encarnadas tan oscuras y profundas que parecían negras, como de una sangre seca pero aún viva, estremecedora—, estaba todo el aire lleno de un aroma intenso. Sanamo se fue al jardín interior, y a poco volvió riendo como si algo siniestramente gracioso estuviera ocurriendo:

—Pasad, niños, pasad.

Todo él temblaba de pies a cabeza, con una ridícula y salvaje alegría. Algo pareció agarrarse a nuestras piernas y a nuestra voz, pues ninguno avanzó ni dijo nada. A Borja, se le fue la fanfarronería, y Juan Antonio, Carlos y León, parecían atrapados en su cazurra timidez. Aparecíamos tal como dijo Sanamo, probablemente para mortificarnos: unos ridículos e histéricos niños que suponían una osada aventura ser recibidos por Jorge de Son Major.

—Vamos, guapos, vamos. ¿Qué esperáis? El señor os invita a merendar con él —decía Sanamo, retorciéndose de risa (igual que el viejo Trasgo de Doure, coronado de carámbanos y piñas, cuando la Séptima Princesita del Cerro de los Duendes le tomó por la muñeca).

Solamente Manuel recuperó su naturalidad. Me cogió de la mano y seguimos el tintineo de llaves del viejo de la rosa granate. Detrás de nosotros crujió la arenilla del jardín, bajo los pasos de Borja, Juan Antonio, Carlos y León.

Jorge de Son Major estaba sentado al fondo del jardín, invadido por rosas oscuras. Aquel jardín como sumergido en vino, los altos muros separándolo del mundo, como adherido a la encrespada ladera de la montaña. Había cerezos, otro magnolio y el famoso emparrado, envidia de la alcaldesa y de mi propia abuela. Los racimos colgaban de la pérgola, desde el azul pálido hasta el violeta. Bajo el emparrado había una mesa larga. El sol arrancaba a una botella un resplandor rosado, transparente. Parecía una lámpara. Jorge de Son Major, sentado tras aquella mesa, parecía como seccionado por la cintura, como si fuera un santo extraño. Estallaba la última luz. Manuel me dio un suave tirón de la mano, y nos acercamos a él. No recuerdo qué nos dijo, sólo sé que su sonrisa y su voz era algo tan lejano a nosotros como su leyenda. Sus ojos sombríos, de córnea azulada, como los de Manuel, miraban con cansancio.

Con la mano derecha indicó que nos sentáramos a la mesa. Su pelo era gris, casi blanco, y muy abundante. Tenía la piel morena, casi tanto como la nuca de Manuel y llevaba una raída chaqueta de marino con botones dorados. Sus manos eran grandes, ásperas, de movimientos lentos. En conjunto, resultaba un hombre triste, como desplazado. Uno a uno, nos habló. Primero a Borja y luego a mí, tratándonos como a verdaderos niños. Borja estaba encendido, rígido, procurando alzarse sobre sus pies todo cuanto podía, para parecer lo más alto posible. Jorge nos preguntó por la abuela. (Pensé: «nadie pregunta jamás por mi padre».) Jorge, sentado tras la mesa, nos obligaba a acercarnos a él, como si fuera un obispo o un príncipe irritante. La mano de Manuel y la mía parecían que no pudieran desasirse. No sé quién apretaba tanto los dedos entrelazados; quizá los dos a un tiempo, como si deseáramos asirnos a algo desde nuestra soledad de pronto desvelada.

Jorge apoyó su mano en mi hombro y sus ojos se fijaron en nuestros dedos enlazados. Nunca me parecieron los ojos de Jorge tan semejantes a los de Manuel. Sentí el peso de su mano, y aquel roce me despertó una sensación desconocida. Algo que me retuvo, muy quieta, como incapaz de desasirme de su contacto. La mano de Jorge tenía un raro aroma de cedro (me vino a la memoria la caja de habanos que mi padre olvidó en algún lugar de la casa de campo, y que yo, de niña, acercaba a la nariz deleitosamente). Me pareció que aquel aroma se extendía por todo el aire: lo despedían los racimos, el sol, el vino. O, quizá, no fue su mano; quizá fue solamente aquel sueño que empapaba el escondido jardín de Son Major.

—Y tú —dijo—, ¿eres la niña de María Teresa?

Comprendí que mi sonrisa resultaba forzada.

—No te pareces. No, no te pareces nada.

Quizá me dolió que lo dijera. O tal vez sucedió precisamente lo contrario: que me alegró mucho oírselo.

—Voy a estar muy bien acompañado esta tarde... ¡Sanamo!

Le ordenó que trajera más vino y copas. Sanamo obedeció, y añadió almendras, queso y rebanadas de un pan moreno y salado, muy distinto al insulso pan de la isla.

—Este pan lo amasa Sanamo, al estilo de algún país que conoce —dijo Jorge. Y su risa fue maliciosamente coreada por el viejo diablo que le servía. No comprendíamos y nos inquietaba por qué razón se reían, cada vez que se miraban.

Como si alguien golpeara un metal, un batir de alas estremeció el jardín. Por sobre los muros, entraron las palomas grises, blancas y negras, de la abuela. Cruzaron el suelo sus sombras oscuras, y Jorge las señaló con la mano:

—Mirad: las palomas de doña Práxedes.

Sanamo dejó el vino sobre la mesa. Jorge añadió:

—Las palomas vienen a mi casa, y mi gallo blanco, según dice Sanamo, tiene preferencia por la higuera de vuestro jardín... ¿No es así, Borja?

Borja asintió, sonriendo. Jorge se volvió a Manuel por primera vez. Nuestros ojos se clavaron en él. Jorge dijo:

—Siéntate aquí, a mi derecha. Y tú, niña, a mi otro lado.

Nos separó suavemente las manos y colocó a Manuel por encima de todos nosotros, hasta en el tono en que le habló. Miré a Borja, que sólo esperaba aquel momento. («Qué derrota», me dije.) Me pareció que mi primo estuvo a punto de decir algo. Enrojeció, y el brillo de sus ojos me hizo pensar si sería verdad lo que acaso él deseaba: era aquél el brillo salvaje de los ojos de Jorge. Temí que se abalanzara sobre Manuel, que lo empujara y lo echase de allí, para sentarse a la diestra de su ídolo. Jorge habló, como ausente del mal que acababa de causar a mi primo:

—¿Y Lauro? ¿Dónde le habéis dejado?

Nuestra risa sofocó aquel instante. Pareció como si solamente al oír hablar del Chino, desapareciera toda nuestra timidez. Sólo Borja continuó lleno de zozobra, de humillación, temblorosos los labios. Manuel seguía mudo, como mirando dentro de sí, como ausente de aquella distinción que hacía Jorge con él. Incluso era el único al que no acarició.

El mismo Jorge nos escanció vino y a Manuel le servía primero. Todos empezamos a hablar. Hasta Juan Antonio, tan serio y taciturno, reía y preguntaba cosas.

Por dos veces más Jorge mandó traer vino a Sanamo. Su brazo me rodeó los hombros, y apenas si me atreví a moverme, apenas si ninguna otra cosa pude ya sentir más que aquella luz, aquella botella como una encendida lámpara de color de granada y, sobre todo, la presión extraña, desconocida en mis hombros, que me tenía asombrada y me volvía, ante mis propios ojos, una desconocida criatura.

Quizá esperábamos que nos contara grandes cosas. No lo sé. Pero en verdad fuimos nosotros quienes le hablamos. Uno a otro nos quitábamos la palabra. Y él no nos decía nada de las islas griegas, ni del *Delfín,* mientras nosotros le contábamos las luchas de los dos bandos, nuestras escapadas al Café de Es Mariné...

—Ah, sí, sí —dijo, como recordando algo muy remoto—. Ya me acuerdo de Es Mariné. Decidle que algún día venga a verme.

Sanamo torció el gesto, murmurando.

No supimos cómo, pasó mucho rato. El sol resbalaba tras los muros. Él seguía al extremo de la mesa, con Manuel y conmigo a cada lado. Manuel y yo, de frente, separados por la mesa, nos mirábamos. Manuel era el único silencioso. Comía despacio, mordía aquel pan moreno, como a la fuerza, arrancaba uno a uno los granos de uva, con sus manos oscuras y arañadas. En sus dedos, brillaban las uvas. Insensiblemente, dejé de mirarle a él para mirar a Jorge, y algo ocurría en mí, tan nuevo, que dolía. Jorge no era como lo imaginamos. No era ni el dios, ni el viento, ni el loco y salvaje huracán de que hablara Es Mariné, el Chino y Borja mismo. Jorge de Son Major era un hombre cansado y triste, cuya tristeza y soledad atraían con fuerza. Viéndole, oyéndole hablar, mirando su cabello casi blanco, sentí que amaba aquel cansancio, aquella tristeza, como nunca amé a nada. Acaso porque poseía cuanto yo deseaba. Aquella precipitada huida, la pena por Kay y Gerda, por Peter

Pan y la Joven Sirena, me parecían salvadas. Porque encontraba en el cansancio de Jorge algo como un regreso mío en él hacia un lugar que ni siquiera sabía nombrarme. Verle allí, con su raída chaqueta de marino, en el jardín amurallado, Jorge de Son Major, refugiado en oscuras rosas, en recuerdos. Deseaba alcanzar, beber sus recuerdos, tragarme su tristeza («gracias, gracias por tu tristeza»), refugiarme en ella para huir, como él, hundida para siempre en la gran copa de vino rosado de su nostalgia, que me invadía mágicamente. Con las cenizas esparcidas del *Delfín*, regando flores. Aquello —me dije— tal vez era lo que los adultos llamaban el amor. No podía saberlo, pues nunca amé a nadie. No me atrevía a moverme para que su brazo no se deslizara de mis hombros, para no perder aquel brazo, como si fuera todo lo que me unía a la vida. Deslumbrada por su vida ya completa, quizá por su ausencia de esperanza. Acaso lo único que él aguardaba fuese la visita de la Dama Negra, y yo (pobre de mí, insignificante criatura con mis vacíos catorce años, ¿cómo podría enterarle de que ya no era como Kay y Gerda?) tal vez podría servirle como una muerte pequeña. Desesperada, miraba su cabello blanco y suponía su corazón encerrado tras la vieja chaqueta azul, como un montón de cenizas, igual que el *Delfín*. ¡Si yo pudiera alcanzar su tristeza y su cansancio, apoderarme de ellos como una pequeña ladrona! Y un dolor vivísimo me llenaba, a un tiempo que un desesperado y terrible amor, como no he sentido después, jamás. Me dolían y me zumbaban en la frente, como abejas, las palabras de Manuel: *«Que le quiero mucho»*. Y me maravillaban, también.

Empezó a caer una lluvia tan fina que en un principio no la apercibimos. Todos hablábamos y parecíamos muy alegres, pero acaso no lo estábamos, ni Borja, ni Manuel, ni yo. (Es Mariné nos dijo: «No tiene más enfermedad que su vejez, pero eso es grave».) Él no era aún un viejo, como yo aún no era una mujer: él no abandonaba aún la vida, como yo aún no había entrado en ella. Me lo repetía, mientras llevaba la copa una y otra vez a los labios. Todos bebíamos, y Jorge se reía de lo que le contábamos. Sólo de tarde en tarde decía alguna palabra. Escanciaba más vino en nuestras copas, y nos miraba: especialmente a Manuel y a mí. Y en medio de nuestra estúpida algarabía, de preguntas necias y necias explicaciones, qué lejano, y sobre todo, qué solo, estaba él. Y me dije: «Mucho más solo aquí, entre nosotros, que cuando está con sus rosas y con las palomas». Él no creía en nada, y yo aún tenía que empezar a creer en algo. Me dije: «Como cuando era muy niña, que pensaba: *la muerte no es verdad. Nos lo dicen a los niños para engañarnos*». (Y me acordaba de cuando metía medio cuerpo en el armario, con el Atlas abierto en la penumbra, y miraba el Archipiélago y me paraba extasiada en cada nombre: Lemnos, Chío, Andros, Serphos... Karo, Mykono, Polykandros... Naxos, Anaphi, Psara... Ah, sí, nombres y nombres como viento y sueños. Soñando yo también, mi dedo recorría en una comba, sobre el azul satinado, desde Corfú a Mytilena. Y las palabras, como una música: *él iba en el* Delfín, *vivía en él, y no pisaba tierra apenas: se iba hasta el Asia Menor...*)

Sanamo apareció, trayendo la guitarra. Jorge dijo:

—Vamos al porche, Sanamo.

Asombrados, vimos cómo Sanamo y Manuel —con gesto de quien está acostumbrado a ello y antes lo hizo muchas veces —le cogieron por debajo de los brazos y le ayudaron a entrar en el porche. Miré su espalda, sus piernas que apenas le obedecían. En aquel momento, Juan Antonio acercó sus labios a mi oído:

—Está medio paralítico... ¿no ves? Mi padre lo dice: se está quedando así, poco a poco, y acabará por no poderse mover. Y en cuanto le llegue a la cabeza... ¡paf! Ya está.

Juan Antonio parecía paladear aquellas palabras. Sus dientes y sus labios estaban manchados de vino y de zumo de uvas negras. Entre Manuel y Sanamo le ayudaron a sentarse en el banco, bajo el porche. Todos corrimos a refugiarnos en él porque la lluvia caía declaradamente. Sobre nuestras cabezas, con la súbita huida de las palomas, insólitas entre aquella luz agonizante, sonaron las campanas de Santa María. Rodeamos a Jorge, y me arrodillé a sus pies. Supongo que a todos se nos había subido el vino a la cabeza. Juan Antonio, León y Borja hablaban casi a un tiempo. Jorge y Sanamo se miraban, y de pronto Jorge dijo:

—¡Es para matar al que se entretiene emborrachando niños!

Sanamo lanzó una ronca carcajada, y empezó a rasguear su guitarra. Todo se llenó de una alegría roja, salvaje, desbordando de la lluvia recia que nos bajaba del cielo como un grito. La melodía de Sanamo era algo tan vivo como las rosas encarnadas. Sanamo dijo:

—Jovencitos, acompañadme...

Borja estaba ronco, y Juan Antonio, y todos —excepto Manuel— intentamos seguir aquella canción, pero nos equivocábamos y teníamos que empezar de nuevo.

—¿Es andaluz? —preguntaba León.

—No.

—¿Es italiano?

—No, no...

No quería decir de qué país era la música que interpretaba, como tampoco le gustaba decir dónde nació.

Levanté la cabeza hacia Jorge, arrodillada junto a él. Pero, ¿cómo podía doler tanto su mirada? Desató mi trenza, que me resbalaba sobre la nuca, y por un momento sentí el roce de sus dedos en la piel. Quiso sujetar la trenza de nuevo, pero no supo. Al desflecarse, vi el centelleo de la luz entre el cabello, y le oí decir:

—¡Qué raro! No es negro, es como rojo...

Cogió un mechón entre sus dedos y lo miró contra el sol. Me pareció que todo aquello sucedía en algún oscuro tiempo de mi memoria. Como todas las cosas en aquel jardín —rosa, oro y grana—, mi cabello entre sus dedos, como un milagro, se volvía leonado.

Dejó caer su mano sobre mi muñeca y la cerró. Secamente dijo:

—Estas manos estaban unidas.

Su otra mano apresaba la muñeca de Manuel, que acercó a la mía, a pesar de que los dos nos resistíamos, como asustados. Manuel entrecerraba los ojos. Algo brillaba en sus pestañas, quizá la lluvia. Estaba serio, como dolorido. Jorge añadió:

—Así.

Y unió nuestras manos. Levanté los ojos y encontré los de Borja, llameando. Sin poder contenerse, se acercó a nosotros, y con sus puños, intentó separar las manos de Manuel y mías, otra vez enlazadas. Jorge rechazó brutalmente a Borja. Y aunque reía había algo cruel en su mirada.

Borja se quedó quieto, con los hombros un poco encogidos. Retrocedió tanto que salió fuera del porche, y la lluvia le caía por la frente y las mejillas, sin que pareciera notarlo. Miraba hacia San Jorge, de forma que éste nunca podría comprender. (Yo sí, pobre amigo mío, yo sí te entendía y sentía piedad.) Intentó sonreír, pero sus labios temblaban, y se cobijó de nuevo en el porche, humillado como jamás le viera nadie. Juan Antonio y los del administrador parecía que nos miraban, a Manuel y a mí, con envidia. Y me dije: «¿Cómo es posible que todos estemos enamorados de él?». Y odié la guitarra de Sanamo, que nos envenenó. Cada vez que Manuel y yo queríamos separar nuestras manos, Jorge ponía la suya encima y lo impedía.

Borja se sentó, con los codos sobre las rodillas y la cara entre las manos. No sabíamos si lloraba o reía, o simplemente si le dolía la cabeza de tanto como bebió.

Se oía la música de la guitarra de Sanamo, y la lluvia, acabándose. Todo brillaba muy pálidamente, en temblorosas gotas: los racimos verdes, azul y oro, las hojas del magnolio, los cerezos, las rosas de octubre.

Entonces, Jorge dijo:

—¿Sabéis, muchachos? No creáis que al morir recordaréis hazañas, ni sucesos importantes que os hayan ocurrido. No creáis que recordaréis grandes aventuras, ni siquiera momentos felices que aún podáis vivir. Sólo cosas como ésta: una tarde así, unas copas de vino, esas rosas cubiertas de agua.

(Mientras estábamos en Son Major, Guiem y los suyos hicieron hogueras en la plaza de los judíos, y quemaron tres monigotes hechos con trapos viejos. Éramos Borja, Manuel y yo. El Chino nos lo dijo.)

Las hogueras

1

La abuela se enteró.

—¿Por qué fuisteis a Son Major?

Permanecía sentada en su mecedora y se metía en la boca los comprimidos para la tensión. Su voz sonó quieta y uniforme, como de costumbre, pero me parece que estaba colérica. Sus ojos grises nos miraban fijo. A tía Emilia, sentada junto al balcón, de espaldas a nosotros, no podíamos verle la cara. La noche era húmeda y llena de aroma. Borja y yo nos sentíamos mareados. Como en un sueño temía o creía ver la cabeza de la abuela desprenderse y ascender igual que un globo hacia el techo, haciendo raros gestos. Los ojos de la abuela, como dos peces tentaculares, nos observaban crudamente.

Su oscura boca engullía los comprimidos del frasquito marrón: uno, un sorbito de agua, dos, otro sorbito de agua.

Antonia aguardaba para servir la cena, con las manos cruzadas sobre el delantal, y Gondoliero, rabiosamente azul, voló hacia su cabeza.

—Contesta, Borja —insistió la abuela.

Borja intentó sonreír, pero se balanceaba demasiado sobre sus piernas:

—Abuela... —empezó a decir. Y se quedó callado, con su estúpida sonrisa.

—Ven aquí.

Borja se aproximó y la abuela acercó la nariz a su rostro, como hacía conmigo cuando sospechaba que había fumado.

—Os ha dado vino... Me lo figuraba. ¡Muy propio de él dar vino a unos niños! Se habrá estado riendo de vosotros, divirtiéndose a vuestra costa.

Me fijé en el temblor de las manos del Chino.

—Tú, Lauro, ¿estabas presente?

El Chino abrió dos veces la boca, y Borja se adelantó:

—Sí, abuela, vino con nosotros: ¡No tenía más remedio que venir!

Su risa sonó falsa. La abuela miraba al Chino, con ojos que parecían dos cangrejos patudos retrocediendo hacia alguna extraña playa.

—Señora... los niños...

La abuela levantó la mano derecha, indicando que la conversación había terminado.

Bajamos al comedor y cenamos en silencio. Yo tragaba apenas la comida, como una tortura. No sé lo que le ocurriría a Borja, pero me sentía enferma, trastornada. Me dolía mucho la cabeza y un gran sopor me invadió. No podía evitar ver extrañas cosas: de repente, la gran onda blanca de la abuela se levantaba sobre su frente y se deshacía en espuma: o su mano se desprendía, saltando sobre el mantel como el azul periquito de Antonia. No podía en cambio mirar hacia tía Emilia: algo me impedía alzar los ojos hacia ella.

Apenas terminada la cena, la abuela nos dio a besar su mano y mejilla. Cuando fui a despedirme de tía Emilia, me miró muy fijamente, con sus ojillos rosados.

—Matia —dijo, muy bajito—. Matia...

Se sentía llena de sueño, de sopor, y de una rara irritabilidad contra todos.

—Matia —continuaba tía Emilia. Tal vez decía algo más, pero no la entendía. Todo daba vueltas a mi alrededor. Me así fuertemente a los brazos del sillón. Ella se levantó.

Me parece que empezó a hablar, a decir su eterna cantinela: que yo estaba enferma, o algo parecido. Antonia quiso llevarme a la cama, pero tía Emilia lo impidió. Me pasó su brazo por la cintura, y me ayudó a subir la escalera.

Creo recordar con bastante confusión que me desnudó y me ayudó a meter en la cama. Recuerdo una sensación de gran alivio al entrar en la frescura de las sábanas, y cómo mi cabeza parecía dar vueltas y vueltas, y chocar contra las paredes de la habitación, mientras ella me miraba.

—Duerme —dijo con su voz suave.

Me parece que intenté levantarme un par de veces, y ella me lo impidió. Entonces crujió la puerta y oí las pisadas de la abuela. «La gran bestia», pensé recordando las expresiones de Borja. Miré, con los ojos entornados: la puerta lanzó al suelo un cuadro de luz amarilla. La sombra de mi abuela y su bastoncillo de bambú, se recortaron movedizamente en el suelo. Yo sentía un gran peso en los párpados. Tía Emilia se levantó de prisa, susurrándole algo:

—Está enferma, mamá... ya te lo dije. Esta niña tiene algo, no es una niña como las otras...

La abuela la apartó a un lado y se acercó a mi cama. Cerré los ojos con fuerza y apreté los párpados. La abuela dijo con su habitual dureza:

—No seas estúpida, Emilia. Es absolutamente igual que todas las niñas. Sólo que está borracha, eso es todo.

Tía Emilia intentó defendernos débilmente. De pronto, me pareció que se echaba a llorar. Fue el suyo un llanto bajito, como de niña. Daba pena y estupor oírla. La abuela dijo:

—Parece mentira, Emilia, parece mentira... ¿Aún no has olvidado? ¿No ves que es un ser grosero... arbitrario y amargado? ¿No te das cuenta que es un pobre hombre, enfermo y solo? ¡Deja ya esa historia, por favor! Abandona esas cosas, propias de muchacha. Eres una mujer, con tu marido en el frente y un hijo de quince años. ¡Emilia, Emilia...!

Repetía su nombre, pero no había ninguna piedad en su voz. Luego salió, y oí cómo se alejaba el tic-tac de su bastoncillo de bambú.

Cuando se fue tía Emilia y me quedé sola, a oscuras, se me había pasado el sueño y tenía mucha sed. El dolor de cabeza persistía, y un sudor frío me llenaba. Torpemente, me levanté y fui a abrir la ventana. Entró el aire de la noche, la brisa del mar que respiraba hondamente al fondo del declive. El aire me aturdió, y estuve a punto de caer al suelo. Cuando volví a la cama, un ruido peculiar me hizo incorporar de nuevo. La puerta se abrió despacio y reconocí la silueta de Borja. En cuanto la cerró a sus espaldas, corrió hacia mí como una tromba. Se sentó al borde de mi cama y encendió la lámpara de la mesilla: un globo de cristal rojo, que se iluminó como un ojo iracundo. Me cubrí la cara con las manos, pero él me las apartó, furioso:

—Pervertida —dijo. (Y por el modo de decirlo me pareció que había estado mucho rato pensando aquella palabra, antes de venir a lanzármela.)—. ¡Enamorada a los catorce años de un hombre de cincuenta!

Con dedos temblorosos encendió un cigarrillo. La cajetilla le asomaba por el bolsillo del pijama. Lanzó un par de bocanadas de humo, con la actitud que solía emplear cuando quería intimidarme. Pero el cigarrillo temblaba en sus labios. El humo salía en dos columnas por los agujeros de su nariz como dos largos colmillos.

—Tú peor —contesté—. Tú más pervertido, puesto que eres un muchacho, y también...

Escupió al suelo el cigarrillo y lo aplastó contra la alfombra. («Y mañana, maldito, creerán que fui yo.») Con los brazos enlazados caímos al suelo, y en el forcejeo me golpeé la cabeza contra la pata de la cama. La frente entre las manos, apretando los labios para no gemir, me senté. Todo daba vueltas a mi alrededor. El cabello desparramado (recuerdo que me llegaba cerca de la cintura), se enredaba entre mis dedos. Me sentía muy agitada, y, sin embargo, no me era posible ni llorar ni reírme de él.

—Sube a la cama, tonta —dijo él—. Sube de una vez.

Le obedecí. Me dolía la cabeza y me parece que tenía ganas de vomitar. Deseaba que me dejara en paz y poder dormir. Pero allí siguió, el pequeño canalla.

—Te vas a acordar de lo de esta tarde —dijo.

Volvió a encender un cigarrillo. De un manotazo, antes de que pudiera evitarlo, le quité el paquete y lo metí bajo mi almohada. Levantó la mano sobre mí, cerró el puño, y mordiéndose los labios con rabia, la dejó caer pesadamente sobre la colcha. Entonces me miró tan tristemente que me enternecí. Le acaricié el pelo, como si fuera aún un niño pequeño, y él encogió levemente los hombros y entrecerró los ojos. A su vez, cogió un mechón de mi cabello y lo enredó entre sus dedos, suavemente, como hacía a veces en la logia.

—Matia, Matia... —dijo muy bajito.

Bruscamente se apartó de mí y fue hacia la puerta. Parecía un duende. Tras un leve crujir de madera desapareció. Alargando la mano hacia la mesilla apagué la luz. La obscuridad lo absorbió todo, y no recuerdo más.

Me desperté boca abajo, atravesada en la cama. Aún me dolía mucho la cabeza. La colcha, y parte de las sábanas —como casi todas las mañanas— aparecían en el suelo. Sentí en mis hombros las patitas del pequeño Gondoliero, que me picoteaba suavísimamente la oreja. Antonia, como de costumbre, ordenaba los desperfectos.

Noté el calor del sol en la nuca. «Hoy será un día brillante y terrible, andaré por ahí con los ojos cerrados, volviéndome loca cada vez que se cierre de golpe una puerta.» Vinieron en seguida los fantasmas y cogí la almohada para refugiarme debajo, diciéndome: «Jorge. Es horrible. Jamás volveré a Son Major». Los fantasmas llegaban en tropel con la resaca del vino, a sentarse en el dosel de la cama, a meter sus dedos de pulpo bajo la almohada y hacer cosquillas en los recuerdos. Todo lo de la tarde anterior, hasta el recuerdo de las flores, dolía como una calumnia. «Oh, Jorge, oh, pobre tía Emilia.» Histéricamente sentí pena por aquella mujer a la que no quise en toda mi vida.

—Señorita Matia, son las nueve dadas —oí decir a Antonia.

Sus pies afelpados apenas rozaban la alfombra, como topos: («Son como el topo de la pobre Pulgarcilla, el horrible topo que se quería casar con ella»). Abrí el ojo derecho:

—Dile a tu asqueroso Gondoliero que se vaya —dije, roncamente.

Antonia silbó algo curruscante, como un cuchicheo, que dolía dentro y fuera de las orejas. Di un gemido, y Gondoliero huyó a su hombro, como una flor errante.

—El baño está preparado, señorita Matia...

Grité, gemí, protesté. Antonia callaba. Me dejé caer sobre la alfombra, con un gesto idiota de niña mal criada, y abrí los ojos.

Hacía un brillante y horrible día gris, resplandeciente como aluminio. El sol atravesaba la piel transparente del cielo, como una hinchada quemazón. Todo brillaba, pero con un brillo metálico, inquietante.

—Va a llover —me quejé—. ¿Verdad, Antonia, que va a llover?
Antonia echaba agua caliente en la rudimentaria bañera, y todo se llenaba de vapor. Mi voz quedó sofocada.

Cuando bajé a desayunar, la abuela me encontró pálida, ojerosa, y horriblemente mal peinada.
—Vas hacia los quince años. ¡Parece increíble, Matia, cómo te presentas!
A un lado aguardaban los periódicos con sus fajas azules. Leí de través: «Las tropas del general...». Borja terminaba su chocolate y el Chino aguardaba en la sala de estudios, tras los cuadernos («¡Qué horror, ahora: declinaciones, verbos latinos!»).
—¿Cuándo iremos al colegio? —preguntó Borja—. Me gustará mucho. ¡Este pueblo está ya resultándome aburrido!
—Celebro que desees ir al colegio —contestó la abuela—. Iréis, los dos, después de Navidad. Ven aquí, Matia.
Me acerqué todo lo despacio que me era posible sin incurrir en su enfado.
—¡Acércate!
Me cogió la cabeza entre sus manos huesudas, y sentí clavarse en mi mejilla derecha su brillante. Usaba una horrible colonia que pretendía ser campestre y resultaba medicinal. Sentí sus ojos en los míos, físicamente, como dos hormigas recorriendo mis niñas, mi córnea dolorida.
—¿Qué te pasa? —preguntó, como un mordisco.
No pude aguantar más, y vociferé:
—¿Y a Borja, qué le pasa? ¿Siempre he de ser yo la peor?
—¿Qué te pasa, digo? —insistió ella, fría.
Me zarandeó por un brazo.
—No me gustan las contemplaciones. No suelo malgastar mi tiempo.

«Tu tiempo», me dije. Y la miré, deseando que leyera en mis ojos lo que pensaba: «Tu tiempo inútil y malvado no puedes desperdiciarlo».

—Matia —continuó—, lo de ayer que no vuelva a pasar. Y tú, Borja, escucha bien: por una vez, estáis disculpados, porque quizá no sabíais... Pero, de ahora en adelante, queda terminantemente prohibido ir a Son Major. ¡Y que no sepa yo que habláis una palabra con ese degenerado Sanamo!

—No, abuela —mi primo inclinó la cabeza. Besó la mano de la abuela, y ella le rozó la mejilla con la yema de los dedos.

Salimos de la habitación, dejando la puerta abierta y parándonos tras ella, para oír lo que comentaban. (Borja me enseñó este truco, desde el primer día en que pisé aquella casa.)

La abuela dijo:

—Sabes, Emilia, con estos muchachos hay que ser algo indulgentes. No han conocido buenos tiempos: esta ruina, la guerra... ¡Yo, a la edad de Matia, ya tenía cuatro o cinco pretendientes! Pero ellos viven tiempos tan desquiciados... ¡Todo se está volviendo raro a nuestro alrededor! Creo que necesitan rápidamente el colegio, y así será.

—Madre —la voz de tía Emilia parecía lejana—, Matia no es una niña como las otras... Acuérdate, madre: María Teresa empezó así. Antonia dice que gritaba por las noches...

—Estos niños beben —dijo la abuela—. Estoy segura de que beben. Hay alguien que les proporciona alcohol y cigarrillos: eso es todo. Están en una edad difícil, y éstos son malos tiempos. Antonia, acércame las píldoras.

Borja y yo nos miramos a los ojos. Él estaba muy serio, y por primera vez pensé que ya no era ningún niño. (No era un hombre, no. Pero ya no era un niño.)

2

No sé cómo entró el invierno. O quizá no era aún invierno propiamente, pero recuerdo que llegó el frío. Del mar, por sobre el declive, trepaba el frío verdoso y húmedo. Los troncos negros de los árboles, contra la dorada neblina que se extendía desde el acantilado, parecían seres melancólicos y siniestros, clavados detrás de la casa, como una manifestación de muda protesta. La luz se volvía verde y plata sobre las hojas de los olivos. Las palomas huían sobre los almendros, hacia Son Major o el huerto de Manuel. A veces me despertaba su zureo, bajo la ventana. Ya habían encendido la chimenea de la sala, y por las noches Antonia nos calentaba las sábanas con un pequeño brasero de cobre, lleno de ascuas. Desaparecieron las mariposas, las abejas y la mayoría de los pájaros, excepto las gaviotas, que como tendidos gallardetes formaban franjas blancas al borde del mar. Borja y yo sustituimos las sandalias por gruesos zapatos con suela de crepé, y Antonia sacó de las arcas la ropa de lana, aún impregnada de olor a naftalina. Al probarnos los suéteres, la abuela observó que habíamos crecido demasiado aquel verano: nos apretaban bajo los brazos y las mangas apenas nos llegaban a la muñeca. Un día tía Emilia nos llevó a la ciudad y nos equipó de pies a cabeza. Borja, con su pantalón largo de franela gris, parecía un hombre. Me hacía muy raro no ver sus desnudas piernas doradas, casi sin vello, saliendo de su pantalón azul gastado en los fondillos, corto o arrollado encima de las rodillas. Mi odiada falda blanca tableada y las blusas sin mangas, fueron sustituidas por las no menos aborrecidas faldas plisadas de lana escocesa y los picantes suéteres de manga larga y cuello cerrado. Me resistía a ponerme medias, y tía Emilia me compró unos largos calcetines de punto inglés —«¡Sport, preciosos!», dijo ella—, con horrorosos rombos verdes, grises y amarillos. Me cortaron las trenzas y me dejaron la melena lacia, rozándome apenas los hombros, echada hacia atrás mediante una cinta de terciopelo negro, que me convertía en una Alicia un tanto sospechosa. Cuando la abuela nos dio el visto bueno, volvió a quejarse de la veloz marcha del tiempo y a añorar las, según ella, inigualables marineras. Pero me parece que jamás le importaron ni la huida del tiempo ni, mucho menos, las tan cacareadas marineras que hacían de los retratos de Borja-Niño una parodia de los del último Zarevich, que conservaba en un álbum tía Emilia.

A veces Manuel arreglaba el huerto. Supe, por Antonia, que pidió trabajo en el pueblo y se lo negaron. En ocasiones le acompañaban sus hermanos pequeños: un muchacho de once años y una niña de nueve, pelirrojos como Malene, delgados y tristones, que no iban a la escuela. Algunos días vi a Manuel sentado en los peldaños de su porche, con uno a cada lado, enseñándoles un viejo Atlas parecido al mío. Recuerdo su voz explicándoles Geografía. Me asomaba sobre el muro de su huerto, y le oía pronunciar nombres: «Cáucaso», «Monte Athos», «Asia Menor». Me conmovía comprobar que seguía mis rutas («igual que yo, dentro del armario»). Recuerdo muy bien sus palabras, en la mañana, con un sol frío: ellos tres allí sentados, en el porche o bajo los olivos. De pronto, el pequeño o la niña decían, con voz susurrante: «Ahí detrás está Matia». Entonces, Manuel volvía la cabeza y me miraba.

En más de una ocasión anduvimos juntos por las rocas, buscando lapas y hablando. Otras veces permanecíamos callados, tendidos bajo los árboles. «No encuentro trabajo», me decía, con aire pensativo, angustiado. Y yo, egoísta, no entendía aquellas palabras: «Nadie quiere darme trabajo. Me dicen: *vuélvete con los frailes*. Pero yo no puedo dejar sola a mi madre ni a mis hermanos».

Tenía más tiempo libre que durante el verano, pero se le veía serio, preocupado. Sentado en los escalones, jugueteaba distraídamente con una piedra azul, que siempre llevaba en el bolsillo. Antonia dijo: «Ese muchacho de Malene, el mayor, bien podía volver al convento. Está ahí, todo el día, recomiéndose... Harán de él un vago. Acabará muy mal».

Un día me dijo mi primo:

—Tú ya no eres de los nuestros.

Me encogí de hombros. Él añadió:

—Ya tienes tus amigos, ¿verdad?

—Sí.

—Y Jorge, ¿también es amigo tuyo?

—Muy amigo —contesté—. El más amigo de todos los amigos.

Me quitó la cinta de un zarpazo, y se quedó haciéndola girar en su dedo índice, mirándome con sus ojos verde pálido.

Era la hora de las Matemáticas. El Chino dijo:

—Dejen esas cuestiones para luego. Ahora estudien.

Pero yo mentía. Jorge seguía presentándose lejano, temido, y aunque me atraía, me avergonzaba la idea de volver a Son Major.

Un día de mercado me encontré a Sanamo, con

una cesta al brazo. Desde la esquina de Santa María se oía el guirigay de los vendedores. Sanamo había comprado un espejito redondo, que me mostró sonriente, haciendo correr su reflejo por la pared de la iglesia y lanzándomelo contra los ojos.

—¿No volveréis allá arriba, palomitas? ¿No queréis merendar otra vez con el señor?

—Puede ser —levanté la cabeza, para que no notara mi turbación.

—Puede ser, cualquier día.

Se fue riendo, y yo, herida en mi orgullo corrí a buscar a Manuel. Tardé mucho en encontrarle. Le estuve esperando más de una hora a la puerta de su huerto:

—Manuel, ¿por qué no volvemos a Son Major?

Miró hacia el suelo. Su actitud humilde me conmovía e irritaba a un tiempo:

—¡No mires al suelo, hipócrita! Eso te lo enseñaron los frailes, ¿no...? ¡Vamos otra vez a Son Major! ¡El viejo está provocándonos!

—No puedo ir, tú lo sabes. No me lo pidas.

Callé, porque realmente tenía miedo. Nos sentamos muy juntos en los peldaños de su porche. Teníamos la costumbre de cogernos de la mano, y de este modo permanecíamos mucho rato, sin hablar. Él ponía la piedrecilla azul, bruñida de tanto acariciarla, entre las dos manos, y así la manteníamos los dos, apretada en nuestra palma. Era como compartir un secreto. Nadie hubiera entendido esto más que él. Apenas nos movíamos, las manos muy pegadas una contra la otra, sintiendo el pequeño dolor de la piedrecilla. Él miraba hacia delante, sobre las copas de los árboles. Con la mano libre cogía una ramita y trazaba rayas en la tierra. De este modo podíamos pasar mucho rato, y manteníamos tanto calor en las manos como si las acercáramos al fuego. A veces, acercábamos la piedra azul a la mejilla, y parecía arder.

Estábamos así, sin hablar, con las manos enlazadas, cuando una piedra gris pasó sobre el muro y cayó a nuestro lado. Oímos risas sofocadas, y después, Guiem y el cojo cruzaron por delante de la puerta. Los vimos correr hacia las rocas. Sebastián cojeando, llevaba una vara levantada sobre la cabeza, como si fuera una bandera.

Al día siguiente, después de la clase de las cinco, dijo mi primo, mientras deslizaba el suéter por sobre su cabeza:

—Tú no vienes conmigo.

—¿No? —reí.

—No, ya te dije que no eres de los nuestros. Sin enfadarse, ¿sabes...? ¡podemos tener días de tregua!

—Ah, bien. ¿Tengo que ser de Guiem, ahora?

—Pues no... Guiem me parece que se va a pasar a los nuestros. Y el cojo también... ¡Las cosas que pasan!

—Haced lo que queráis. ¡Tampoco pensaba ir con vosotros! Sois demasiado aburridos.

—Ya me lo figuro. Una chica como tú se aburre con nuestras cosas... ¡Tienes otra clase de diversiones!

Torció la boca para decirlo y se alisó el pelo revuelto al ponerse el jersey.

No entendí lo que quería decir, pero sentí cierta inquietud.

—Son Major es muy bonito —dije, deseando despertar sus celos.

Se puso encarnado, y salió, encogiéndose de hombros. Pero adiviné que con la última frase le herí en lo más vivo. Me sentí extrañamente defraudada, no sabía por qué ni por quién. No sospechaba dónde andaría Manuel, ni tampoco deseaba verle. Seguí pues a Borja de lejos, entreteniéndome por el camino, para disimular. Él bajó a saltos el declive, hasta perderse hacia el embarcadero. «No, eso no», me dije. No podría soportar que llevase a los de Guiem a la *Joven Simón*: con nuestros secretos, con el libro de Andersen allí escondido, con los habanos del abuelo, en sus cajas de cedro, con nuestra carabina, con todo lo de Borja y mío sólo, ni siquiera permitido a Juan Antonio. No podía ser. Juan Antonio y los del administrador habían vuelto a sus colegios de la ciudad. Y yo estaba sola, completamente sola. Y Manuel... «Ah, pero Manuel –me dije, como despertando de un sueño que hasta entonces me adormeciera–, no es como nosotros. ¡Él no cuenta en estas cosas!» Tal vez era demasiado bueno. (Su tímida sonrisa y aquellas palabras en el frío de la mañana: «Cáucaso», «Ucrania», «Mar Jónico»... Y cuando yo le decía: «¿Por qué la *Joven Sirena* desearía tanto un alma inmortal?», él no contestaba, o, si acaso, me rozaba suavemente el cabello.) No era como nosotros, ni como los hombres. Era aparte. No podía ser. Y Jorge... ¡Me dolía tanto, pensar en él! Me apretaba el pecho con la mano, al pronunciar su nombre. Debajo del jersey estaba la medalla de oro. «Se la pondré al cuello y le diré: toma esto, es algo mío.» (Pero no sabía si a Jorge, a Manuel, o acaso al mismo Borja.) «Y esos zafios hurgarán con sus manazas nuestros tesoros. *¿El compañero de viaje*, leído por Guiem? ¡No es posible! Preguntaría: *¿Esto para qué sirve?* O bien: *Y esto, ¿qué quiere decir?*» Y Borja se encogería de hombros. Acaso probarían la carabina, y... ¿Era envidia, egoísmo? Un dolor muy vivo me aceleraba el corazón. «No, ésos no. Ésos no.»

Me senté junto al pozo. Entonces vi llegar a Malene, con un pañuelo rosa y gris anudado a su cabeza. Su cuello largo y blanco emergía resplandeciente, y sus ojos azules tenían un brillo verdoso, como el mar. De allá abajo se levantaba una bruma tenue, que se extendía lentamente declive arriba.

Malene traía una cesta hecha de palma y parecía venir del pueblo. Desvié los ojos de los suyos y sentí una rara vergüenza. «Debajo del pañuelo tendrá el cabello apenas crecido... suave y leonado.» Eso hacía reír a Guiem y a los del pueblo, que le silbaban de lejos, e incluso la insultaban. Malene entró en el huerto, y, cosa que nunca hizo antes, cerró la puerta, que chilló sobre sus goznes. Me empiné sobre los pies y asomé medio cuerpo sobre el muro. Malene subía los peldaños y entró en la casa. Creo que hasta aquel momento no vi nunca mujer más hermosa y llena de orgullo.

Dos días después –y lo recuerdo con extraña claridad– volví a ver a Manuel, que venía de la fragua. Como última esperanza, fue a pedir trabajo al padre de Guiem. (Antes fue al carrero, al zapatero y al panadero.) Caminaba hacia mí, por la calle de los artesanos, y el sol –un pálido y resplandeciente sol– le aureolaba de oro la cabeza. Llevaba la mano izquierda metida en el bolsillo, y con la derecha se subía las solapas sobre la garganta. Le dije:

–Ven conmigo.

–¡No me obligues a ir allí, otra vez...!

–No, allí no: a la *Joven Simón.*

A veces, y muy confusamente, le hablé de la vieja barca, porque como no hacía nunca preguntas invitaba a la confidencia.

–¿Ahora...?

Su tiempo no era como el mío, y tal vez no podría seguirme en aquel momento. Pero yo era egoísta e irreflexiva sobre todas las cosas. Y sabía que él, al fin, iría donde yo le pidiese. Incluso a Son Major.

Seguramente tenía otras ocupaciones, o, por lo menos, algo que le atormentaba y que le mantenía como ausente. Acaso le esperaban su madre, sus hermanos... ¡Cómo deseaba yo entonces, arrancarle todo afecto por los demás, apartarlo del mundo entero! Una tristeza sombría, tal vez malvada, me invadía sabiéndole tan apegado a sus familiares. Le hubiera querido ajeno al mundo entero –a mí, incluso–, antes de saberle ligado a alguien que no fuera yo. Sin embargo, me siguió sin decir nada. Creo que no he conocido a nadie menos hablador que aquel pobre muchacho. Es posible que la mayor parte de nuestros encuentros se redujeran casi siempre a un monólogo por mi parte, o a un largo, cálido e inexplicable silencio, que nos acercaba más que todas las palabras.

Remamos hasta Santa Catalina, con viento frío. Al desembarcar, bajo nuestros pies, crujieron las conchas de oro. Era ya entrado el mes de diciembre, con un cielo pálido.

Recuerdo que le dije, frotándome las rodillas:

—Me gustaría que nevase. ¿Has visto la nieve alguna vez?

—No. Nunca la he visto.

El agua golpeaba las rocas, y la *Joven Simón* aparecía negruzca, casi siniestra. Teníamos la cara enrojecida de frío y los ojos lacrimosos. El viento zarandeó mi cabello, como una bandera negra. Salté sobre la *Joven Simón,* golpeando la cubierta con los pies. Él se echó a reír, y pensé que nunca le había oído una risa como aquélla. Abrí la escotilla y rebusqué en la panza. Allí estaban nuestros bienes. Envuelto todo, aún, en el viejo impermeable de Borja.

Pero Manuel no mostró demasiado interés por aquello. Al hablarle o mostrarle algo, sólo decía:

—Sí, sí —distraídamente.

Estuvimos un rato sentados en la borda de la *Joven Simón,* con las piernas colgando. Hacía frío y nos frotábamos las manos el uno al otro para calentarnos. Le pregunté:

—¿Te gusta que te haya enseñado estas cosas?

Y él dijo, solamente:

—Sí.

—¡Pero dilo de otra forma!

Se me quedó mirando serio y callado. Pensé: «Nunca habla de él, nunca me cuenta cosas suyas». Pero no quería preguntarle nada. Tal vez por si acaso decía algo que me desgarrase una esquina, aunque fuera, del velo que aún nos separaba del mundo. Mi cobardía era sólo comparable a mi egoísmo.

Entonces oímos la voz de Borja que nos llamaba haciendo bocina con las manos. Qué alto lo vi, de pronto, sobre la roca, con sus pantalones largos.

—¡Borja!

Creo que palidecí. Acababa yo de traicionar nuestro secreto, y no estaba segura —ni mucho menos— de que él lo hubiera traicionado antes a Guiem. Salté de la barca. Manuel no se movió.

Borja empezó a descender por las rocas. Siempre decía que era muy peligroso hacerlo por aquella parte, por donde se despeñó José Taronjí, en su deseo de escapar. Y en aquel momento me di cuenta: «¡Torpe, zafia de mí! Aquí murió José Taronjí, y yo he obligado a Manuel...». Aún se podían ver los agujeros de las balas en la barca. Y yo le había obligado a sentarse encima. Pero Manuel continuaba, igual que siempre, sereno y silencioso: «Sí, es demasiado, es irritantemente bueno», pensé inquieta.

Borja llegó hasta nosotros. Esperaba verle colérico pero no dijo nada. Por el contrario, sonreía. (Y su sonrisa era igual a la que dedicaba todas las mañanas a la abuela.) Con aquella sonrisa, comprendí que me había colocado ya, definitivamente, al otro lado de la barrera. Por ello sentí una punzante melancolía. Dijo:

—¿Traes aquí a tus amigos...? Me parece bien.

Luego se sentó y nos ofreció cigarrillos. Manuel no fumaba, y yo, hipócritamente, rehusé. Borja empezó a hablar de cosas tontas. Luego se quedó callado. Súbitamente, dijo:

—Hace frío.

Se fue hacia el borde del mar y estuvo mirándolo un momento. Era un día verdaderamente frío. El agua tenía un color gris oscuro. Había en las olas algo como una amenaza contenida. Borja se agachó, llenó sus manos de conchas doradas y volvió hacia nosotros, depositándolas con cuidado sobre la *Joven Simón*. Se entretuvo unos instantes ordenándolas por tamaños. Le mirábamos hacer, con el interés que despiertan a veces las cosas menudas y un poco tontas.

Inesperadamente levantó la cabeza, con tanta desolación en sus ojos que me asombró:

—Manuel —dijo—. Óyeme, Manuel, ¿quieres hacerme un favor?

Abrí la boca y la volví a cerrar. Deseando interponerme entre aquella súplica y mi amigo, pero no supe qué decir. Manuel se apoyaba contra la barca, justamente donde se clavaron las balas. Borja se le acercó más y le puso la mano en el brazo:

—Manuel —insistió—. ¿Sabes...? Todo lo malo que te haya dicho eran tonterías... Yo, en el fondo, soy tu amigo. ¿Sabes una cosa? Eres mejor que Juan Antonio. Siempre te preferí... Pero tú parecías no saberlo, y... bueno, ¿acaso no te lo he demostrado?

Manuel le miró de frente, con una expresión que no le conocía.

Borja continuó, precipitado e incoherente:

—Te pido un favor. Es muy importante para mí y también para Matia... Si no, no te habría buscado. Matia, ¿sabes...? la abuela ha descubierto esto de la *Joven Simón*. Alguien ha ido con el chivatazo. A lo mejor el mismo Chino, ¡como le van a despedir...! Bueno, qué sé yo, da lo mismo. Ya me las pagará quien sea, de todos modos. Ahora, Matia, ¡tú sabes lo importante que es para nosotros! ¿Verdad? ¡Que la abuela no se entere, que no encuentre nada aquí...!

Me pareció que en los ojos de Manuel brillaban otra vez la tristeza casi colérica que un día le sorprendí, o tal vez un desprecio que iba más allá de nosotros, que pasaba, incluso, por encima de él mismo. En aquel momento se parecía extraordinariamente a Jorge de Son Major, y en su rostro, tan joven aún, casi había el mismo cansancio, la misma hartura de vivir. Muy pegado a él, mi primo parecía menudo, insignificante. Y una vez más pensé: «Si quisiera le tiraría al suelo de un bofetón».

—¿Qué te pasa? —interrumpió Manuel, con brusquedad—. ¿Qué es lo que quieres?

Borja hizo un gesto extraño con las manos que me recordó a la abuela.

—Bueno... no me pidas que te lo explique con detalle. Matia tampoco... ¿verdad, Matia...? Si la abuela lo descubre... y lo descubrirá, porque hará escudriñar esto... Te pido que cojas mi barca, y lleves al Port, a Es Mariné, lo que te voy a dar: ¿le conoces, verdad?

—Sí —contestó Manuel, secamente.

—Se lo das y le dices: «guárdame esto». Lo iremos a buscar cuando no haya peligro. Allí estará seguro, y nos libras a Matia y a mí de la furia de la abuela...

Estaba sorprendida, no acababa de entenderle. Borja saltó a la *Joven Simón*, extrajo el envoltorio del impermeable y apartó la caja con el dinero que había robado a la abuela y a tía Emilia. Sacó brillo de la caja, la frotó con aire pensativo y la tendió a Manuel:

—Llévasela a Es Mariné... y no le hables de mí, es algo charlatán. Dile: «guárdamela, ya vendré a por ella».

Manuel contempló la caja sin un gesto.

—No me digas ahora que no quieres... ¡Te lo ruego, Manuel! ¡Es tan importante para nosotros! Sólo en ti podría confiar. De esos otros no me fío nada... Además, ¿acaso no te acuerdas de que una vez aquí mismo... tú me pediste la barca y yo te la dejé?

Al oír esto, algo pareció sacudir a Manuel. Borja retrocedió levemente. Manuel le arrancó la caja de las manos, y sin decir nada se encaminó hacia la *Leontina*. Borja le siguió, sacudiéndose la arena del pantalón. Estaba muy agitado, como si hubiera corrido mucho:

—¡Que la guarde! ¿Oyes? Sólo que la guarde...

—Cállate —le cortó Manuel.

Borja le obedeció. Le vimos desaparecer en silencio, como aquel día. También, como aquel día, miré a mi primo de reojo y tenía los labios descoloridos.

Igual que entonces, volvimos a casa por las rocas del acantilado.

3

No vi más a Manuel. Los días se sucedieron rápidos, y llegaron las fiestas de Navidad, con sorprendente precipitación. Tuvimos noticias más concretas del tío Álvaro y de la guerra. La abuela preparó paquetes para los pobres del pueblo. Era la primera Navidad que pasábamos en guerra, y la abuela dijo que debía señalarse por su sobriedad. Sin embargo, en la cocina, Lorenza y Antonia trabajaban con sofocante vigor. Y recuerdo como en un vaho de sopor las comidas interminables que por aquellas fechas hacía servir la abuela. Pasábamos la mitad de nuestro tiempo repartido entre la mesa y la iglesia. Íbamos a la iglesia con la cabeza llena de vapores, y allí se nos llenaba de cánticos, luces e incienso, para volver de nuevo a las cargas de la mesa. (Resultaba algo extraño, comparado con las Navidades que pasé antes con Mauricia, en el campo. Cogíamos ramas de acebo y montábamos un Nacimiento con figuras de barro que ella me compró en el mercado, pintadas de colores chillones.)

Aquellos días Mosén Mayol aparecía en toda su majestad. La abuela tenía razón, cuando decía que tenía algo de príncipe. Para la cena de la Nochebuena se reunieron en casa Mosén Mayol, el vicario, el médico —que era viudo— y Juan Antonio (recién llegado del colegio para pasar con su padre las vacaciones). Vinieron también el administrador y su mujer, León, Carlos, y otro cura forastero, que vino para oficiar la Misa de la Medianoche.

Santa María resplandecía. Mosén Mayol, alto y hermosísimo, seguido de sus dos acólitos, vestía de rosa muy pálido, oro y perlas. Las chicas y los chicos de la cofradía cantaban en el coro. Todo brillaba tanto que dolían los ojos. Borja y yo, apoyábamos el hombro del uno en el del otro. Me parece que bebió demasiado, y se le cerraban los ojos. Mosén Mayol levantaba las manos con lentitud, tan solemne como un ángel, y su cabeza plateada brillaba.

El día de Navidad fue más bien triste. Antonia me dijo:

—¿Rezaste ayer por tu madre?

—Eso es asunto mío —contesté.

Pero la verdad es que me remordía la conciencia, porque no me acordé de ella para nada. Sólo un momento, durante la cena, pensé en mi padre. «Qué raro que esté siempre tan lejos de él, y, en cambio, recuerde cosas suyas: el olor de sus cigarrillos, su carraspeo, alguna palabra.» ¿Dónde andaría? ¿Qué haría?

La tarde del día de Navidad vinieron las viejas señoritas de Son Lluch con sus horrorosos sombreros, Mosén Mayol, el vicario y el otro cura. También el inevitable médico, Juan Antonio y los del administrador. «Siempre igual, siempre los mismos.» Borja y Juan Antonio hablaron del colegio, el mismo a donde iría Borja, pasadas las fiestas. Ellos estarían juntos, por lo menos en tanto que yo...

—¿Cómo se llama mi colegio? —pregunté a la abuela, sin entusiasmo.

—Es un buen internado —respondió lacónica, para fastidiarme.

El día de San Esteban bajé un rato al declive, por si aparecía Manuel. No le vi y me senté junto al muro de su huerto, jugando con piedrecillas, hasta que Antonia me llamó.

La abuela nos reclamaba, a Borja y a mí, para decirnos:

—Lauro se incorporará al frente, el mismo día en que vosotros vayáis al colegio.

—Pero ¿no decíais que no era apto? —se sorprendió mi primo—. Tiene mal los ojos... por eso lo echaron del Seminario...

—Ahora eso no importa —dijo la abuela.

Y añadió:

—Quiero que vayáis a felicitarle.

Obedecimos de mala gana. Lauro estaba con su madre, en el cuarto de costura. Intimidados, nos detuvimos en la puerta. Sentada en una silla baja, Antonia marcaba en rojo montones de ropa de Borja y mía. Tras sus lentes verdes, el Chino la miraba. Gondoliero volaba de un lado a otro musitando: «Lauro, Lauro, Lauro... Periquito bonito». Bullía inquieto sobre la cabeza, sobre el hombro. Ni la madre ni el hijo decían nada. Lauro estaba sentado, rodeándose las rodillas con los brazos. Nadie me pareció nunca menos heroico que él. Mi primo habló primero:

—Lauro, dice la abuela que te vas al frente.

El Chino se levantó, despacio. Con el dedo índice empujó hacia arriba el caballete de sus lentes. Antonia seguía inmóvil, con la cabeza gacha. Tenía entre las manos una de aquellas horribles camisas de dormir que yo usaba en Nuestra Señora de los Ángeles. Con la punta de la tijera quitaba los números y letras bordados en un hombro, para sustituirlos por otros.

—A lo mejor ves a mi padre... —dijo mi primo.

El Chino seguía callado. No le miré. Sólo veía la punta de la tijera de Antonia, que brillaba cruelmente sobre la ropa blanca.

—Bueno, Lauro, dice la abuela que hay que felicitarte.

Sobre la tijera, encima de mis desaparecidos números, cayó algo húmedo y brillante, como una gota. Di media vuelta y corrí hacia mi cuarto. Como si quisiera esconder alguna cosa, sin saber por qué razón buscaba mi casi olvidado Gorogó. Y no lo encontré.

El día de Reyes por la mañana la abuela nos entregó los regalos. Libros, un par de estilográficas, jerseys y cosas así. Se acabó para siempre la alegría de los juguetes, y empezaban a ser un problema, según decían ellas, los regalos. (Mauricia ponía mi zapato en el hueco de la chimenea. Como no me bastaba, tejió una media enorme, de lanas sueltas, que resultaba *«de tantos colores como la túnica de José»*. Y todos los regalos que enviaba mi padre se convertían allí en el regalo de los Reyes Magos de Oriente. Días antes, si veía nubes alargadas, preguntaba: «Mauri, dime, ¿es aquél el camino de Oriente?». Un año me trajeron un payaso, tan grande como yo, y le abracé. Pero, ¿para qué recordarlo?)

Cogimos los regalos de la abuela, y la besamos. Tía Emilia me dio un frasco de perfume francés, que tenía sin abrir. «Ya eres una mujer», dijo. Y también me besó. (Todos se besaban mucho por aquellos días.)

Nadie en la casa se quedó sin regalo. Mosén Mayol, el vicario, Juan Antonio... A Carlos y León, en la suya, les trajeron una bicicleta para los dos. (Todo lo compartían.)

Cargados con nuestros libros, Borja y yo fuimos a la sala de estudio. Nos instalamos en las butacas, uno frente al otro, junto al balcón. El sol se sentía cálido, a través del cristal. Una mosca tardía, zumbaba torpemente de un lado a otro.

Borja se derrumbó en la butaca. Era muy grande y tapizada de cuero, con algún rasguño que otro, oscurecida en muchos puntos. Pasó una pierna sobre uno de los brazos, balanceándola.

Mis libros no valían gran cosa. Los había elegido tía Emilia.

Desde el encuentro en Santa Catalina, Borja me trataba casi como a la abuela. No nos volvimos a pelear.

Noté que me miraba por encima de su libro abierto. Las pupilas verde pálido parecían de cristal hueco. («La mirada para la abuela.») Le hice una mueca. Rió, tras el libro y dijo:

—¿Lo sabes?

—¿Qué tengo que saber?

Tiró el libro al suelo y estiró los brazos, con un falso bostezo:

—Que estás en mis manos.

Procuré doblar los labios con desprecio, pero el corazón empezó a golpearme fuerte.

—No hagas gestos idiotas: estás en mis manos, igual que Lauro y que Juan Antonio. ¡Y que todos, en fin! Ya me conoces, yo lo sé todo. ¡Todo lo que se debe saber!

Fingí indiferencia y cogí de nuevo los libros. Añadió:

—Bueno, tú no tienes nada que temer, siendo buena chica.

—Seré como me dé la gana, mono idiota.

—No; no serás como te dé la gana. Porque...

Se calló, haciéndose el misterioso y mirándome con toda la malicia que cabía en sus ojos.

—Si yo hablase... ¿sabes lo que te pasaría?

—¿Y qué es lo que tienes que hablar, tonto? ¡Más cosas sé yo de ti!

—¡Bah, cosas de chicos! ¡Lo tuyo es peor! A ti te meterían en un correccional por pervertida. «La manzana podrida pudre a las sanas», y todas esas cosas. ¡Vaya, si te crees que no lo sabemos todo! Juan Antonio y hasta Guiem... Os hemos visto.

—¿A quiénes?

—A ti y tus amigos. Fue muy divertido espiaros.

Guiem y Ramón... y Juan Antonio y yo... Bueno, ¿para qué te voy a decir? Tú ya lo sabes. ¡Una niña de catorce años, con dos amantes! Te meterán en un correccional...

—Yo no...

Cuidadosamente, Borja desenroscó el capuchón de su estilográfica y examinó la plumilla como si tuviera algo muy precioso. Me sentí sorprendida. Más sorprendida, quizá, que asustada.

—¡No te hagas ahora la inocente! Tú misma dijiste muchas veces que yo era un niño a tu lado, que sabías muchas más cosas que yo... ¡Y vaya si era verdad! ¡La muy...!

Volvió a reírse con maldad.

—Sí, sí; los dos juntitos, allí, en el huerto y en el declive... ¡Y luego, a Son Major! Porque con el viejo también, ¿verdad?

—¡Nunca hemos vuelto a Son Major! ¡Es mentira!

—No, ¿eh...? ¡Tú misma lo has dicho! Y también Sanamo...

—Sanamo es un viejo embustero...

—Bueno, no vamos a discutirlo. Tengo tantos testigos como quiera. ¿Sabes lo que es un correccional? Te lo voy a contar. Siempre andas diciendo que te gustan los árboles, las flores, y todo eso... bien, pues nunca, nunca más verás ni los árboles ni las flores, ni casi, casi, el sol... Porque, encima tienes malos antecedentes: tu padre...

Me levanté y le zarandeé por un brazo. Le hubiera llenado de bofetadas, de golpes, de patadas, si no estuviera tan asustada. De un tirón se rasgó la sutil neblina, el velo, que aún me mantenía apartada del mundo. De un brutal tirón apareció todo aquello que me resistía a conocer.

—Embustero, malo... ¡No hables de mi padre!

Me apartó con suavidad.

—No te exaltes. No te conviene. Tu padre es un rojo asqueroso, que, tal vez a estas horas, esté disparando contra el mío. ¿Te acuerdas de lo que le pasó a José Taronjí?

Me senté. Tenía mucho frío y las rodillas me temblaban. (Oh qué cruel, qué impío, qué incauto, se puede ser a los catorce años.)

—Estás en mis manos. He leído muchas cosas sobre los correccionales. Hay celdas de castigo. Y me parece que a ti...

Siguió hablando, y cerré los ojos. El zumbido de la mosca continuaba. Una mosca de invierno que seguramente perdió a sus compañeras. A través de mis párpados el sol se volvía rojo. Noté en las palmas de las manos el cuero rugoso del sillón. ¡Cuántas cosas sabía Borja de los correccionales, nunca lo hubiera imaginado!

Balbuceé:

—¡No es verdad! Estábamos allí, sí, en el suelo... pero sólo nos dábamos la mano, y nunca...

¿Cómo hablarle de la piedrecilla azul, cómo decirle que todo aquello de que me acusaba ni siquiera lo entendía?

—Claro que si eres buena chica no te pasará nada. Mira el Chino: no me acusó nunca, hizo lo que yo quería... y la abuela no se enteró de lo del Naranjal.

—No dices la verdad, Borja...

—Tengo testigos.

Vagamente recordé a Guiem y al cojo, tirándonos una piedra por encima del muro, y corriendo declive abajo con una vara en alto.

—Tú no harás eso...

Borja ganó y yo perdí. Yo, perdí, estúpida fanfarrona, ignorante criatura.

Entró tía Emilia.

—¿Qué hacéis aquí tan quietos? ¿Por qué no salís un poco al jardín? Hace un sol de primavera. ¡Aprovechadlo! Cualquiera os entiende. Salís cuando sopla el viento y, en cambio, ahora os quedáis encerra-

dos. ¡Vamos, aprovechad, que es el último día de vacaciones!
El último día, era verdad.

Después de comer, Borja me llamó con un gesto. Le seguí, estallando de cobardía, despreciándome.
—Matia, voy a confesarme. Ven conmigo a Santa María.
—Yo no tengo que confesarme.
—¿Estás segura? Bueno, allá tú con tu conciencia. Pero ven conmigo.
Le seguí. Le seguiría en todo, desde aquel momento. Empezaba a comprender al Chino y algo parecido a un remordimiento me llenaba. «Si el Chino vivía aterrorizado por este lagarto, ¿cómo no lo voy a estar yo, tonta charlatana, necia de mí?»
Nos abrigamos y salimos de casa. Me cogió de la mano, como en nuestros mejores días. Atravesamos el jardín. La higuera estaba desnuda, con sus ramas plateadas hacia el cielo. Algo había en aquel sol invernal, que repetía: «el último día» o «la última vez». Al final de la calle, como en un grabado de mi libro de Andersen, brillaba la cúpula verdeoro de Santa María.
Entramos en la iglesia. Borja mojó los dedos en el agua bendita, y, tendiéndome la mano, humedeció los míos. San Jorge resaltaba en la oscuridad, con su lanza apoyada en el dragón. Alrededor de su yelmo brillaba un círculo de oro. Pequeños rombos de color rubí, bordeaban la vidriera, que recordaban el vino de las copas. La lámpara parecía balancearse suavemente. Algo se posó en mi corazón, clavándome sus pequeñas garras como un negro Gondoliero. Junto a la reja del altar había un hombre arrodillado, con la cara entre las manos. Era el Chino.
—¿Está llorando? —pregunté a Borja.
Mi primo se arrodilló junto a mí, con los brazos cruzados sobre el pecho. Susurró:
—¡No cree en nada, mujer!

Pero allí estaba el Chino, afligido, bajo las vidrieras que tanto le gustaban. Contemplé sus estrechos hombros enfundados en la chaqueta negra. Y me dije: «Acaso le matarán en el frente, quizá una bala le atravesará así, tal como ahora está, por la espalda».

(Y así fue, pues, un mes más tarde, lo mataron. Y su madre, que no lo sabía, se levantó aquel día más temprano, y cuando fue a poner la comida a Gondoliero vio que el pájaro no quería comer. Al servirle el desayuno dijo a la abuela: «Señora, Lauro va a venir, estoy segura. Me dice el corazón que va a venir». Pero le mataron a aquella misma hora, y Antonia continuó sirviendo el desayuno, dando de comer a Gondoliero, azul y brillante, que repetía: «Periquito, bonito, periquito bonito». Me lo contó Lorenza, años más tarde, cuando todo era ya tan diferente.)

Borja se santiguó y bajó la cabeza. Miré hacia todos lados, entrecerrando los ojos. A través de mis pestañas las vidrieras hacían guiños, despedían luces.

Borja entró en la sacristía, y al poco rato volvió a salir. Tenía las manos juntas, gacha la cabeza. Me pareció misterioso, y mi inquietud crecía, mirándole. A poco, el propio Mosén Mayol salió, poniéndose la estola sobre el cuello. Entró en el confesionario, y Borja fue hacia él. Metió la cabeza entre las cortinas moradas, y el brazo de Mosén Mayol le rodeó los hombros amorosamente. Estuvieron así mucho rato. Se me clavaba en las rodillas la dura tabla del banco. El Niño Jesús llevaba una túnica de terciopelo verde, con bordados y encajes de oro. Tenía partido un dedo de la mano derecha, y sus grandes ojos de esmalte miraban fijos. El Santito de la vidriera, con su sayal castaño y sus largos pies dorados, acaparaba todo el sol. San Jorge, en cambio, había palidecido. Allí fuera empezó a soplar el viento, y, de pronto, una nube lo cegó todo. Algo cruzó la nave volando torpemente. «Es un murciélago», me dije. Rebotó en las paredes, y cayó en un rincón, lacio, como un trapo negro. Olía a moho. Las grandes costillas de la nave, como un barco sumergido en el mar, cubierto de musgo, oro y sombras, despedían algo fascinante y opresor. Me sentí cansada: «Ojalá no saliera nunca de allí», pensé. No tenía ningún deseo de vivir. La vida me pareció larga y vana. Sentía tal desamor, tal despego a todo, que me resultaban ajenos hasta el aire, la luz del sol y las flores.

Borja volvió:

—¿No te confiesas?

—No tengo pecados.

Me miró de un modo extraño.

—Ven.

Me levanté. Borja dobló una rodilla ante el Sagrario, y Mosén Mayol nos indicó que le aguardáramos. Salimos y nos sentamos en las escaleras de piedra a esperarle.

—¿Para qué viene con nosotros Mosén Mayol?

—Se lo he pedido yo.

El viento arreciaba y las nubes tapaban el sol que tan hermoso apareció por la mañana. Al fin Mosén Mayol salió y regresamos a casa.

—Abuela, ¿podemos hablar contigo?

La abuela, pálida y fofa, estaba en su mecedora del gabinete. Miró con estupor a Borja y a Mosén Mayol. Luego, con gesto cansado señaló la butaca de enfrente.

Quise echar a correr, escapar a algún sitio donde no me aprisionara el miedo. Pero Borja me cogió de la mano:

—Quédate, Matia.

Sus labios temblaban.

—No... —protesté, débilmente.

—¡Quédate si Borja lo desea! —decidió la voz helada del párroco.

Me quedé en pie, tras la butaca de Mosén Mayol. Borja avanzó hasta la abuela y se arrodilló. Yo veía sólo la cara de la abuela, sus redondos ojos de lechuza rodeados de un círculo oscuro, y su boca que masticaba algo. El anillo brillaba en su mano como un ojo perverso que sobreviviría a nuestra podredumbre. Mosén Mayol dijo:

—Doña Práxedes, Borja desea hacerle una confesión.

La abuela permaneció callada unos minutos. Luego se oyó cómo partía entre los dientes la píldora. Y dijo fríamente:

—Levántate, niño.

Pero Borja no se levantó. Tenía la cabeza inclinada, y sobre su cabello brillante emergía el medio cuerpo de la abuela: en la diestra los destronados gemelos de teatro, acostumbrados, ya, a buen seguro, a muchas farsas.

El niño dijo:

—Abuelita, vengo a pedirte perdón. Me he confesado ya, pero quiero que tú también me perdones. No podría vivir sin confesarte a ti... Yo... abuela...

Y empezó a llorar. Era el suyo un llanto extraño. Con la cara entre las manos, lloraba silencioso. Como aquella tarde en el jardín de Son Major, cuando no sabíamos si era un pesar o simple dolor de cabeza lo que le dominaba.

—Vamos —dijo la abuela, dejando de masticar—. ¡Vamos!

Borja descubrió su cara. Una cara que yo no vi, pero sabía sin lágrimas. Y dijo, de un tirón:

—He abusado de ti, te he engañado... Te estuve robando. Te he robado dinero, mucho dinero, y...

La abuela levantó las cejas. Me pareció que su pecho se inflamaba como una ola.

—Ah —dijo, serena—. ¿Conque eras tú, eh?

Siempre hubiera jurado que no se enteraba, pero por lo visto lo sabía.

—Sí, era yo... Y quisiera recuperarlo y devolvértelo. ¡Pero no puedo, ya no lo tengo!

—¿A quién se lo diste? —dijo la abuela, limpiando con el pañuelo los gemelos.

Borja bajó la cabeza.

En aquel momento me hirió el saberlo todo. (El saber la oscura vida de las personas mayores, a las que, sin duda alguna, pertenecía ya. Me hirió y sentí un dolor físico.)

—No lo pude evitar, abuela... perdón. La primera vez, fue culpa mía: me lo aposté con él... Pero las otras... ¡Perdóname, abuela, he sufrido tanto! ¡Dios mío, lo he pagado tan caro! Me tenía en sus manos, me amenazaba con venir a decírtelo si no le entregaba más y más... Yo no quería, pero él decía que si no continuábamos me delataría... Era horrible. No podía vivir. Y es que él tenía que reunir dinero, decía que para comprarse una barca y marcharse a las islas griegas. ¡Está loco, sí, loco! «Nunca podrás —le decía yo—. Están muy lejos.» Pero él contestaba que eran pretextos para no darle más dinero... Es un diablo, igual que un diablo... Me pegaba si no le obedecía... ¡Es mucho más fuerte que yo!

Se arremangó la manga del jersey y sollozando como una despreciable mujerzuela, enseñó la herida del gancho de la carnicería. La abuela levantó la mano con frialdad y le cortó con un seco:

—¿Quién?

No pude aguantar más. Di media vuelta y escapé. Abrí la puerta y bajé corriendo la escalera. Al extremo del pasillo estaba el reloj, con su tic-tac. «Que no lo encuentren —me dije—. Que no lo encuentren. Que escape, que se vaya...»

Salí al declive. El viento continuaba gimiendo y me apoyé en el muro. Por entre los almendros subía la neblina verdosa y blanca. Las pitas se alzaban igual que gritos, allá abajo.

Unos metros más allá estaba el huerto de Manuel, pero no me atrevía a acercarme. Algo me dolía tanto que no me podía mover. El viento se ensañaba con la tierra, con la hierba aún viva. Corrían dos papeles, persiguiéndose. Desde allí podían verse los olivos del huerto de Manuel como manchas de un verde lívido. Un blanco fulgor de perla, como humo limpio, ascendía del mar.

Una gran cobardía me clavaba al suelo. «Sabes, el sol y las flores, y todo eso que tanto te gusta, no lo verás más... Y tu padre...» (Oh, la bola de cristal que nevaba. ¿Me gustaban tanto, realmente, las flores, y el sol, y los árboles? Y el Chino, llorando en la iglesia...) Temblaba, pero era mayor el frío que tenía dentro.

Es Ton salió. Le mandaban a buscarlo. Yo sabía que le mandaban a buscarlo. Y ni siquiera tenía fuerza para decirle: «No vayas, Ton, di que no lo encuentras, avísale que se marche». (Porque sólo había una voz que me sacudía: «cobarde, traidora, cobarde».

Lo sacó de entre los olivos, parecía. De la plata verde de los olivos, lo traía: como de la bruma, entre los troncos, hacia mí. Sí, era hacia mí. Hacia nadie más iba el pobre muchacho. Es Ton lo llevaba cogido por un brazo.

Al pasar me miró. No tuve más remedio que seguirle, como un perro, respirando mi traición, sin atreverme siquiera a huir. Seguí sus pasos hacia el gabinete de la abuela. (El crujido de los peldaños, el tic-tac del reloj, allí en la esquina, como en aquella hora de la siesta, cuando le dije: «Me parece muy mal lo que hacen con vosotros». Y era peor que un perro muerto, lo que estábamos echando en su agua, era mil veces peor que un perro muerto, para mí.) Me paré tras la puerta entornada del gabinete, y Es Ton y Antonia —que nos habían seguido, intrigados— se quedaron conmigo, detrás de la cortina, escuchando. Oyéndole decir, sólo:

—No... no...

Y lo peor de todo: su silencio.

Borja, en cambio, lloraba y gemía:

—¡Para ir a las islas griegas, como su...!

La voz de Mosén Mayol le interrumpió, obligándole a callar.

A Es Ton le enviaron al Port, con la barca. Volvió con la caja del dinero. Su ojo tapado de blanco brillaba como un fosforescente caracol.

No sé cómo llegué al embarcadero. Mi ropa estaba mojada por la espuma del mar. Es Ton me miró, al saltar de la barca.

—Buena la habéis hecho, buena. ¡Le llevarán a un reformatorio! ¡Buenos están los ánimos!

(Ni la luz, ni el sol, ni los árboles me importaban. ¿Cómo, pues, le dejaba a él sin la luz, los árboles y el sol?)

Se lo llevaron de allí, entre Mosén Mayol y el pequeño Taronjí, primo de su padre José. «Es demasiado joven —dijo Lorenza—, para que lo metan en la cárcel.» Ya sabían, pues, dónde lo llevaban. «¿Dónde?», pregunté. Y nada nunca me dio tanto miedo como su silencio y su ignorancia. (La palabra *reformatorio* ¡qué extrañamente bien sabía pronunciarla Es Ton!)

No sé cómo acabó el día. No recuerdo cómo transcurrió la cena, ni de qué habló Borja, ni qué dije yo. No recuerdo, siquiera, cómo ni cuándo nos despedimos del Chino.

Sólo sé que al alba, me desperté. Que, como el primer día de mi llegada a la isla, la luz gris perlada del amanecer acuchillaba las persianas verdes de mi ventana. Tenía los ojos abiertos. Por primera vez, no había soñado nada. Algo había en la habitación como un aleteante huir de palomas. Entonces, supe que en algún momento de la tarde —con la luz muriendo— había vuelto allí, que quedé presa en aquel viento, junto a la verja pintada de verde, cerrada con llave, de Son Major. Llamé a Jorge, desesperadamente, pero sólo apareció Sanamo, con sus llaves tintineantes, diciendo: «Pasa, pasa, palomita». El viento levantaba su pelo gris, señalaba el balcón cerrado. Y decía: «Está ahí arriba». Le grité: «Van a castigar a Manuel, y es inocente». Pero el balcón seguía cerrado, y nadie contestaba, ni hablaba, ni se oía voz alguna. Y Sanamo riéndose. Era como si no hubiera nadie en aquella casa, como si ni siquiera hubiera existido, como si nos lo hubiéramos inventado. Desalentada regresé a casa, y busqué a tía Emilia, y le dije: «No es verdad lo que ha dicho Borja... Manuel en inocente». Pero tía Emilia miraba por la ventana, como siempre. Se volvió, con la sonrisa fofa, con sus grandes mandíbulas como de terciopelo blanco, y dijo: «Bueno, bueno, no te atormentes. Gracias a Dios vais a ir al colegio, y todo volverá a normalizarse». «Pero hemos sido malos, ruines, con Manuel...» Y ella contestó: «No lo tomes así, ya te darás cuenta algún día de que esto son chiquilladas, cosas de niños...». Y de pronto estaba allí el amanecer, como una realidad terrible, abominable. Y yo con los ojos abiertos, como un castigo. (No existió la Isla de Nunca Jamás y la Joven Sirena no consiguió un alma inmortal, porque los hombres y las mujeres no aman, y se quedó con un par de inútiles piernas, y se convirtió en espuma.) Eran horribles los cuentos. Además, había perdido a Gorogó —no sabía dónde estaba, bajo qué montón de pañuelos o calcetines. Ya estaba la maleta cerrada, con sus correas abrochadas, sin Gorogó. Y el Chino ya se habría levantado. Y acaso el imbécil Gondoliero le estaría picoteando la oreja, y ¿habría flores, irritadas y llameantes flores rojas, en el cuartito de allá arriba? ¿Y aquella fotografía de un niño con hábito de fraile y los calcetines arrugados, dónde andaría? Los globos rojos de las lámparas, como ojos muertos, brillarían en la casa, con sus ratones huidizos y sus escondidas arañas pardas hurgando en las rendijas. La abuela, su vajilla de oro, sus píldoras... ¿Acaso nunca podría cerrar los ojos? «Estas cosas, dicen, son la conciencia.»

Como entonces, salté de la cama. En aquel desvelo crudo, tan real, tan gris, salí descalza, abrí el balcón y salté a la logia. Allí estaba Borja, envuelto en el abrigo, pálido, mirándome. Se fumaba el último Murati.

Los arcos de la logia recortaban la bruma de un cielo apenas iluminado por la luz naciente tras las montañas, donde aún dormirían los carboneros. Borja tiró el cigarrillo al suelo y fuimos el uno hacia el otro, como empujados, y nos abrazamos. Él empezó a llorar, a llorar ¿cómo se puede llorar de esa forma? Pero yo no podía (era un castigo, porque él siempre aborreció a Manuel. Pero yo ¿acaso no le amaba?). Estaba rígida, helada, apretándole contra mí. Sentí sus lágrimas cayéndome cuello abajo, metiéndose por el pijama. Miré al jardín y detrás de los cerezos descubrí la higuera, que, a aquella luz, parecía blanca. Allí estaba el gallo de Son Major, con sus coléricos ojos, como dos botones de fuego. Alzado y resplandeciente como un puñado de cal, y gritando —amanecía— su horrible y estridente canto, que clamaba, quizá —qué sé yo— por alguna misteriosa causa perdida.